Comment les grands de ce monde se promènent en bateau

MÉLANIE
SADLER

Comment les grands de ce monde se promènent en bateau

ROMAN

J'AI LU

À Marie-Hélène

N'as-tu pas su (l'histoire de) celui qui, parce que Allah l'avait fait roi, argumenta contre Abraham au sujet de son Seigneur ? Abraham ayant dit : « J'ai pour Seigneur Celui qui donne la vie et la mort », « Moi aussi, dit l'autre, je donne la vie et la mort ». Alors dit Abraham : « Puisque Allah fait venir le soleil du Levant, fais-le donc venir du Couchant. »

CORAN (258)

Nous étions tous deux heureux : tu me croyais trompée, et je te trompais. Ce langage, sans doute, te paraît nouveau. Serait-il possible qu'après t'avoir accablé de douleurs, je te forçasse encore d'admirer mon courage ?

Roxane à Usbek

MONTESQUIEU, *Lettres persanes*

Javier Leonardo Borges était déjà bien vieux, ou tout du moins d'un certain âge, assez certain pour ne fréquenter ses vieux manuscrits que par habitude. *Lire beaucoup et oublier l'essentiel* était devenu sa maxime, répétée tous les matins entre le café et le dentifrice, à cela près qu'il relisait finalement toujours la même chose et oubliait beaucoup, non par sélection d'expert ou d'esthète, mais par la faute d'une mémoire devenue volage à l'usure. Un après-midi orageux de la fin juillet, en bon professeur émérite de l'université de Buenos Aires, les lunettes chaussées sur son nez fatigué de ce fardeau d'intellectuel, Javier Leonardo Borges feuilletait de vieux rouleaux qu'un collègue d'Istanbul lui avait envoyés pour préparer un colloque international sur les dirigeants politiques des XVe et XVIe siècles. Le séminaire devait se tenir un an plus tard à Alexandrie et réunirait toutes les grandes huiles mondiales qui allaient illuminer, en toute modestie, l'univers de leur science. De Jean sans Peur à Charles le Téméraire, les orateurs évoqueraient les Terreurs d'autrefois, assis sur leurs trônes universitaires et fiers comme s'ils avaient eux-mêmes manié l'épée. Les papes, Laurent de Médicis, Isabelle la Catholique et Charles Quint feraient bien évidemment partie de ce panel infernal. J. L. Borges, lui, lui qui était le plus fier, à défaut de pouvoir parler de lui tout court, parlerait du Grand, du Sublime Suleyman le Magnifique. Il n'y connaissait fichtrement rien – ayant travaillé quarante ans sur les Aztèques –, mais enfin, cela ne devait pas casser trois pattes à un canard. Il s'y attellerait quelques bonnes demi-journées, et cela ferait l'affaire. J. L. Borges commençait à piquer du nez, de ce nez fatigué, sur les feuilles alignées devant lui. Le collègue qui les lui avait directement envoyées de Turquie, Hakan, n'avait cessé de lui rebattre les oreilles avec ces documents d'époque encore peu étudiés, mais la somnolence aiguë qui avait gagné J. L. Borges laissait soupçonner quelque publicité mensongère. J. L. Borges était en train de scruter un *peri*[1] de Shah Quli qui accompagnait les comptes rendus du conseil de Suleyman. Ses notions de turc se résumant de près ou de loin à la méthode Assimil achetée il y avait des années de cela dans un moment d'égarement, J. L. Borges préférait se concentrer sur les illustrations. L'esquisse, datée de 1520, représentait une forêt et des créatures moins réelles que féeriques. Les feuilles des arbres se voyaient dessinées avec une précision résolue, d'un trait franc et mouvementé, et J. L. Borges les surprit soudain à s'animer, comme mues par quelque esprit chamanique qui aurait croupi trop longtemps au fin fond d'une bibliothèque anatolienne. Il faillit se lancer dans une analyse phénoménologique – à l'étude, la chute lente et mesquine de ses lunettes se serait révélée la cause la plus probable de cette agitation esquissée à l'encre –, mais un cafard vint interrompre ce processus, se frayant une voie sur le

1. Type de composition picturale, caractéristique du style saz turc. Généralement réalisée à l'encre (et au roseau), elle représente des motifs végétaux et animaux.

dessin. La bestiole – se mouvant réellement quant à elle – arracha J. L. Borges à sa torpeur. Il l'expédia d'un revers de la main et garda le regard planté à l'endroit où il avait localisé l'insecte quelques secondes auparavant. Alors ça, ça n'allait pas du tout. Parmi les végétaux, il y avait comme un léger souci. Ce qu'il avait pris pour des feuilles dentelées sur la gauche du dessin prolongeant le motif général apparaissait à présent sous la forme d'un faisceau de serpents. Et ces serpents constituaient de toute évidence une parure, une jupe habillant ce qui n'était pas un tronc mais un corps de femme aux deux seins flétris bien moins champêtres que les deux oiseaux qui se trouvaient là l'instant d'avant. J. L. Borges scruta le dessin pour s'assurer de cette étrange présence. Que diable venait faire ici, dans un manuscrit arrivé tout droit d'Istanbul, la déesse aztèque de la terre, Coatlicue ? Aucun doute, néanmoins : tête rectangulaire, pupilles écarquillées cherchant à hypnotiser on ne sait qui, doigts énormes, griffes animales, jupe maillée de serpents : elle répondait au signalement de Coatlicue. Fichtre. J. L. Borges se gratta le menton. Ne se fiant plus guère à sa vue depuis quelques années, il s'arma d'une loupe et se repencha encore une fois sur le dessin. Ce n'était décidément pas une illusion d'optique. Il parcourut minutieusement tout le *peri*. De minuscules caractères invisibles à l'œil nu apparurent, comme un ourlet à la jupe de Coatlicue. Il parvint à déchiffrer en turc : « En mémoire de la terrible année 870 », ce qui correspondait à l'année 1492 du calendrier grégorien. On frôlait l'absurdité. En quoi la conquête de l'Amérique clairement signifiée par la date et la déesse aztèque pouvait-elle avoir marqué l'esprit d'un peintre turc qui avait déjà largement de quoi faire avec la cour ottomane toujours en ébullition ? Et puis surtout il était rigoureusement impossible que l'artiste choisisse en 1520 (date de production de l'estampe) un être de la mythologie aztèque pour commémorer ce désastre, puisque l'Empire aztèque n'était toujours pas tombé. Le siège de Tenochtitlan qui devait marquer sa fin n'aurait lieu qu'un an plus tard. Hakan lui avait pourtant juré qu'il s'agissait exclusivement de documents d'époque, originaux. J. L. Borges en aurait perdu son castillan, mais il n'allait pas laisser passer l'occasion, savoureuse, de se mettre enfin quelque chose sous la dent après quinze ans de veille universitaire.

Il scanna le document, l'envoya à Hakan qui demeura tout aussi circonspect sur la question. Oui, les dates étaient bien exactes. Non, aucun personnage de la mythologie du Turkestan ne pouvait être confondu avec Coatlicue. Oui, la référence à l'année de la conquête de l'Amérique était bien présente. Hakan, ponctuellement occupé par des affaires plus urgentes, dut abandonner J. L. Borges à ses tergiversations solitaires.

Mon amour plane au-dessus de moi
Comme un oiseau de paradis.
Je suis devenu souverain du monde
En mendiant à ta porte.

Poème de Suleyman à Roxelane

Roxelane sourit. Elle était aimée.

> Ne pas être un homme, être la projection du rêve d'un autre homme, quelle humiliation incomparable, quel vertige !
>
> Jorge Luis BORGES, *Fictions*

J. L. Borges se mit à travailler jour et nuit pour comprendre comment la déesse avait réussi sa migration. Si l'on veut vraiment être pointilleux, on ne sait pas exactement ce qui se passait derrière la porte résolument close de son bureau. Ce que l'on peut affirmer cependant avec certitude, c'est qu'on le vit s'enfermer pour des semaines. D'aucuns le soupçonnent d'avoir roupillé beaucoup, mais nombreux sont ceux qui ne le virent pas même disparaître, parce que cela faisait quinze ans que, de toute façon, ils ne le voyaient plus, trop occupés par leur propre ascension du mont professoral.

En réalité, on força J. L Borges à sortir deux fois de sa tanière. La première pour une bête histoire d'alarme incendie. Il ouvrit la porte, fulminant. Il beugla qu'il fallait baisser le son parce que l'on ne s'entendait même plus réfléchir. Sa plainte partit en fumée dans une quinte de toux. Il claqua la porte avec force contrariété et une force qui aurait pu faire s'écrouler d'un coup tous les murs de l'université.

La seconde apparition de J. L. Borges fut motivée par une bête histoire d'étudiants de première année, ou, selon J. L. Borges, pour une énième histoire d'étudiants bêtes, toutes années confondues. Le président de l'université, alarmiste et alarmé, venait de prendre connaissance des résultats affligeants des examens partiels du département d'Histoire et il sonnait le tocsin. Il fallait lancer un plan et des bouées de sauvetage pour en repêcher quelques-uns et, vu l'échec massif, cela ne se ferait pas à la canne à pêche. On avait bien tenté de se passer de J. L. Borges durant la première partie de l'année, pour se mettre à l'abri des foudres de ce dernier, mais la politique du paratonnerre, ça ne marche qu'un temps. On se résigna donc à demander au spécialiste de la question au programme, J. L. Borges, de bien vouloir dispenser un cours sur la chute de l'Empire aztèque. Même un simple *digest* sur la période serait ô combien précieux pour initier les étudiants. Le président prit toutes les pincettes possibles pour présenter l'affaire au vieux professeur qui daigna obtempérer. C'est ainsi que J. L. Borges entra dans l'arène. Il débarqua dans un amphithéâtre surpeuplé et, durant un quart de seconde, se sentit l'âme d'un gladiateur. Quart de seconde qui lui permit de retrouver ses esprits et de circonscrire son désir le plus vif : celui de prendre la tangente au plus vite. Il inspira profondément avant de balancer à son auditoire le discours le plus succinct (et finalement très peu digeste) qu'on eût pu faire sur la fin de la civilisation aztèque :

« Messieurs, prenez note, je ne répéterai pas.

« Primo, les faits : Hernán Cortés et ses trublions débarquent en 1519 sur les côtes de ce que l'on appelle aujourd'hui le Mexique, ils arrivent dans la ville principale Tenochtitlan en quelques mois et ils vainquent l'empereur, Moctezuma. Les Espagnols ont gagné une bataille mais pas encore la guerre. Le frère de Moctezuma, Cuitláhuac, le remplace sur le trône, mais autant l'oublier tout de suite, car il meurt rapidement. Le dernier empereur, Cuauhtémoc, tiendra un petit peu plus longtemps. Il résistera héroïquement durant le siège de Tenochtitlan avant de capituler en 1521 et de trouver la mort en 1524. »

J. L. Borges jeta un rapide coup d'œil à sa montre. On était dans les temps. Satisfait, il reprit au même rythme :

« Secundo, les causes de la conquête : la connerie colonisatrice des Européens et leur cupidité sans borne. Sans vouloir les dédouaner, nous devons préciser cependant qu'à l'époque la terre était peuplée de bandes de barbares bien éloignées du raffinement de notre civilisation contemporaine et que leurs loisirs de sauvages se résumaient grosso modo à aller se trucider les uns les autres.

« Tertio, les moyens employés : les canons et autres armes à feu en tout genre, la torture, la perfidie de Cortés et des siens, et un Moctezuma qui n'était pas bien rusé, il faut le dire. En voyant arriver Cortés et ses troupes, il croyait mordicus qu'il assistait là au retour du puissant dieu Quetzalcoatl et il ne s'est pas méfié… Forcément, cela ne lui a pas réussi. Dernier instrument employé, des plus ergonomiques : la maîtresse de Cortés, la Malinche. Choisie parmi les natives, elle apprend l'espagnol rapidement et elle se rend indispensable : de par son origine, elle endort les consciences des autochtones qui la prennent erronément pour une alliée. Autant vous dire qu'elle simplifie bien des négociations.

« Et quarto, conséquences : chute de l'Empire. Plus d'Aztèques, et depuis on parle espagnol au Mexique, pas de questions, non, merci de votre attention, au revoir. »

Au terme de cet exposé magistral de trois minutes trente, qui laissa médusés des bancs entiers d'étudiants, J. L. Borges avala un grand verre d'eau tout en saisissant de l'autre main son chapeau qu'il enfonça sur sa tête ; œillères parfaites pour rejoindre la porte sans contretemps malvenu, filer s'enfermer dans son antre sacré et reprendre son travail abandonné.

J. L. Borges, à qui on fichait enfin la paix, établit un va-et-vient incessant de lecture entre deux sommes. Il ressortit tous les vieux papiers accumulés en cinquante ans de carrière et qu'il pensait ne plus jamais avoir à solliciter, les laissant orner la bibliothèque : retraite bien méritée pour tous ces écrits trop longtemps malmenés. Il les éparpilla dans la pièce pour un panorama général, les consulta, les confronta. Chroniques de conquistadors, de missionnaires, registres de la vice-royauté, de communes paumées, de paroisses, arrêtés de justice, comptes-rendus d'audiences, missives privées, tout passa par le prisme de sa sagacité retrouvée. Certaines phrases restées à tout jamais (ou presque) obscures commençaient à lui apparaître sous un angle nouveau. Des affirmations qu'il avait fini, vaincu, par mettre sur le compte des drogues ingérées par tous ces prêtres et poètes aztèques avant l'écriture réveillaient à présent ses soupçons. Comme cette sentence farfelue attribuée à un missionnaire anonyme de 1540 : *Se riant de l'Empire où le Soleil ne se couche jamais, Cuauhtémoc a fui là où le Soleil se lève.* Comment Cuauhtémoc, massacré par les troupes de Cortés, aurait-il pu soudainement renaître de ses cendres et prendre la poudre d'escampette vers l'Orient ? Non, ce n'était de toute évidence pas une lecture chrétienne de la mort et résurrection du dernier descendant de l'Empire aztèque. J. L. Borges l'avait cru un temps, sans doute victime d'une poussée mystique à laquelle il avait souscrit car elle facilitait momentanément son travail. Il éplucha des missives de la Malinche, cette grande putain détestée et vénérée à la fois, qui prirent soudain une autre couleur. Ce qu'il avait attribué à des erreurs de traduction de la scrupuleuse interprète de Cortés avait peut-être un sens plus profond. Il relut dix fois la lettre qu'elle adressait à l'un des chefs de ce qui allait devenir le Guatemala quelque trois cent cinquante ans plus tard. La missive laissait voir une Malinche amusée de la crédulité de Cortés. Elle évoquait dans une langue trouble la défaite indigène travestie qui avait satisfait Cortés, ce candide benêt. J. L. Borges était sur le point de s'arracher les quelques cheveux qui lui restaient en lisant cette histoire dodécaphonique que la Malinche suggérait là, entre les gammes de l'Histoire officielle. En filigrane en effet apparaissait la trahison de tout le peuple aztèque par ses derniers chefs, Cuauhtémoc et Cuitláhuac. En quoi les deux empereurs – pourtant acharnés dans leur résistance selon toutes les sources – auraient-ils failli à leur devoir ? Le pauvre J. L. Borges sentait la fièvre monter, et il ne sut s'il devait sérieusement l'attribuer à la chaleur suffocante de cet après-midi étrangement moite. Fallait-il comprendre que Cortés s'était fait avoir ? Qu'il n'avait jamais mis la main sur les derniers descendants de l'Empire aztèque ? Prenant une liasse au hasard, il la feuilleta rapidement, avant de tomber sur une autre incongruité glissée clandestinement par la Malinche dans un rapport *: le véritable hijo de la Chingada n'est pas celui qu'on croit.* Allons bon, ce serait donc Cortés, le fils de pute si élégamment désigné ? Tout ce qu'il lisait à présent trouvait une signification différente, comme si ces textes étaient des palimpsestes qui daignaient enfin livrer leurs secrets. Partout, il était question de duperie, de mensonge, de grande farce. L'écriture même de la Malinche prenait une tonalité différente après toutes ces années de morne équanimité. Bienveillante, épaulant le conquistador, elle apparaissait soudain comme une maîtresse femme cynique et amère, calculatrice et impitoyable envers son amant imbécile. La Malinche savait ce que tout le monde ignorait. Cette dissimulation avait dû lui permettre de mener son monde, le monde de Cortés, par le bout du nez. Quelle revanche jouissive pour une femme humiliée à qui l'on avait longtemps tendu des miroirs aux alouettes. J. L. Borges connaissait son histoire par cœur, ayant tant de fois consulté la chronique de Bernal Díaz del Castillo, compagnon de Cortés dans l'entreprise des Indes. Doña Marina, plus connue sous le nom de la Malinche, était pour ainsi dire née princesse. Fille du cacique de Painala, elle eut l'infortune de voir son père mourir jeune. Sa mère se remaria avec un autre seigneur et elle enfanta un fils. Le seigneur considéra rapidement que la présence de Marina devenait gênante. Elle risquait de faire de l'ombre à celui qui était déjà désigné comme l'Héritier. D'un commun accord avec sa femme, ils donnèrent la jeune fille à des Indiens de Xicalango, en pleine nuit, pour éviter d'éventuels témoins. Ils profitèrent de la mort opportune d'une de leurs jeunes esclaves pour s'emparer du corps, et pleurer le lendemain – en public – Marina trop soudainement disparue. Marina passa de main en main, vendue par les Indiens de Xicalango à ceux de Tabasco, qui la livrèrent à Cortés. Elle se vit dans l'obligation de collaborer avec l'envahisseur, car elle maîtrisait diverses langues parlées en Nouvelle Espagne. Elle s'était prostituée, souillée, et on lui crache encore aujourd'hui à la figure. Mais peut-être que tout n'était pas dit. Que l'Histoire a dépeint la Malinche de façon à faire ronronner les Vainqueurs. Oubliant sa double face. La Malinche, la bienveillante, la conciliante. Non, la Malinche était peut-être bien dans l'esquive. Entre deux langues, deux identités. Esclave et deux fois reine. Que son discours soit une marelle, une corde de funambule tendue entre la prophétie et l'ironie cynique n'avait donc rien d'étonnant. Elle avait été flouée. Qu'il en soit de même, alors, de son peuple, de ces Indiens sans vergogne qui l'avaient malmenée, échangée comme une marchandise ! Qu'ils soient soumis, salis, et pas par n'importe qui. Par un Étranger, summum de la trahison. Et que cet Étranger si fier le soit aussi, floué. Qu'il se flatte d'avoir exterminé l'Empire aztèque et tous ses descendants ! C'est une folle gageure. Mais il fallait bien être fou pour prétendre se débarrasser de tout un Empire comme cela. Et elle seule le savait. Cet Espagnol était trop entier, trop droit dans ses bottes, trop prévisible ; *le vin de la Rioja sent toujours la peau de chèvre*. Elle, dans la marge, comme voilée, entre deux mondes, les dominait tous ; elle voyait. Cortés ne croyait pas si bien dire lorsqu'il tonitruait – avec une outrecuidance telle que doña Marina le soupçonnait de dissimuler ainsi un certain malaise – que la conquête du Nouveau Monde n'aurait pas été possible sans le secours de sa maîtresse. Mais il ne savait pas qu'elle le laissait s'embourber dans sa vanité fate en souriant. Il ne savait pas qu'elle savait quelque chose qu'il ignorait. Que Cuauhtémoc n'était pas mort. Que Cortés avait fait torturer un homme, héroïque, qui n'était pas Cuauhtémoc. Que Cortés n'avait pas éradiqué le dernier empereur aztèque. Cette intuition de J. L. Borges se faisait chaque heure plus forte. Chaque manuscrit, chaque mot relu lui offrait une nouvelle perspective.

Au bout de trois semaines d'ivresse, craignant de tomber dans une démence en vase clos, il se décida à appeler son ami et collègue Hakan, pour lui faire part de ses hypothèses de plus en plus solides, et lui demander son aide. Il chercha à le joindre, et il se retrouva projeté dans un autre espace-temps, absolument imprévu. Du fin fond de sa nuit portègne, il tomba sur Hakan mêlé au brouhaha assommant du Grand Bazaar. Autant dire que la communication fut difficile, entrecoupée, et qu'Hakan ne saisit pas même l'objet de la requête obscure de J. L. Borges, au milieu des tapis et des lampes. Il le pria de l'excuser quelques secondes, en se frayant un passage parmi la foule de marchands et de touristes. Il prit un escalier insoupçonné, bifurqua, emprunta un couloir désaffecté, chercha une porte rouillée qu'il poussa, gravit encore quelques marches et gagna ainsi les toits qui dominaient tout Sultanahmet. Enfin seul, à quelques mètres à peine au-dessus de la masse grouillante. Il pourrait à présent écouter ce que son ami cherchait à lui annoncer d'une voix tellement vibrante qu'il se demandait si celui-ci n'était pas en transe. Mais c'était compter sans les voies d'Allah impénétrables à l'Homme. Hakan avait complètement évacué l'heure de l'*adhan* de son esprit. Un haut-parleur grésilla et soudain une voix monocorde s'éleva dans les airs, renouvelant l'appel séculaire comme s'il venait tout juste de l'inventer. Il n'avait pas fini que le muezzin d'une des dix autres mosquées alentour renchérit, improvisant un improbable canon. Des dizaines de voix, plus ou moins lointaines, finirent par se superposer, en une cacophonie grandiose et terrible. Elles naissaient des entrailles de la terre, des tripes du Grand Bazaar et de la rue et aspiraient à s'élever, s'entrechoquant, combattant pour s'extirper du vacarme et atteindre les oreilles d'Allah. J. L. Borges ne percevait qu'un étrange rugissement qui émanait de son portable. La friture sur la ligne devint de plus en plus insupportable. Il se résigna à raccrocher, en songeant que les aléas des couvertures réseau constituaient un autre problème – tout aussi épineux que ceux auxquels s'était confronté il y a fort longtemps Cortés – de traduction.

> Non, j'ai pu vivre dans la servitude, mais j'ai toujours été libre : j'ai réformé tes lois sur celles de la nature, et mon esprit s'est toujours tenu dans l'indépendance.
>
> Roxane à Usbek
>
> MONTESQUIEU, *Lettres persanes*

Roxelane se souviendrait toujours du jour où Suleyman était entré dans le harem alors qu'elle s'efforçait de domestiquer un luth de ses mains inexpérimentées. L'instrument se montrait rétif et la dompteuse peu commode. Lorsque le sultan avait pénétré leur enclos sacré à cinq heures de l'après-midi, toutes les femmes s'étaient précipitées vers lui. Serves volontaires sans sursis véritable. Leur parade grossière, leur lutte à mort avait commencé. On avait cherché à attirer Suleyman en lui offrant du salep, ou des baklavas pistachés, on l'avait incité à partager un narguilé, on était tout sourire en jouant des cils en lieu et place de poignard pour éliminer d'un bon coup toutes les rivales. Déjà luttent les colombes pour le léopard, et le taureau est seul[1]. Roxelane était restée assise, à essayer son instrument. Désinvolte et détachée. Le sultan, sans doute piqué dans sa curiosité, si ce n'est dans son orgueil (quelle était donc cette femme qui ne venait pas lui témoigner l'attention qu'il méritait ?) s'était approché et avait engagé la conversation. Les phrases de Roxelane étaient brèves, évasives, volontairement incomplètes, comme restées suspendues à ses lèvres. Suleyman avait voulu en savoir davantage et n'avait cessé de renouveler ses questions, ses remarques. Les propos de Roxelane étaient imperceptiblement passés de la retenue à l'ingéniosité, elle piquait, rapidement comme une abeille, avant de reprendre ses distances, comme si la piqûre eût été illusoire. L'intelligence de cette femme la rend belle, s'était surpris à penser Suleyman. Leur complicité amoureuse était certainement née ce jour-là. Lorsque le sultan quitta l'arène, après quelques heures

---

1. Citation détournée du poème « *La cogida y la muerte* » de Federico García Lorca, plus connu par son premier vers : « Il était cinq heures de l'après-midi. »

passées à converser avec son esclave, toutes les femmes, frémissantes, l'avaient suivi du regard avant de fixer Roxelane, qui avait repris son luth, sans ciller, comme si rien ne s'était passé. Dans son for intérieur, cependant, elle exultait. Ces femmes ne savaient définitivement pas comment procéder. Qu'elles continuent à ramer, sans esquive. Elle, elle gagnerait le sultan. Du haut de sa certitude, perchée, elle les observait.

Roxelane n'était pas prévisible. Pour être parfaitement honnête, elle se révélait insondable tant pour les autres que pour elle-même. Elle agissait par instinct, réagissait par intuition – qu'elle avait bonne – et elle s'était plusieurs fois surprise la main dans le sac, à dire ou faire le contraire de ce qu'elle avait longuement prémédité, juste parce que la situation lui apportait *la* réponse. Comme un chat qui sommeille saute sur la première souris qui passe, commandé par son corps, Roxelane ne pouvait réprimer cette animalité primitive, cet instinct qui la servait plus qu'il ne lui jouait de tours. Intelligente, elle savait faire taire l'intelligence lorsque son sang parlait. C'est ainsi qu'elle s'était peu à peu désarmée, alors qu'elle était partie avec l'idée première de le piéger, de le faire payer pour toutes ses années d'errance forcée. Parce qu'elle avait été arrachée à sa terre, à son père, emportée par des Tatars, trimballée ici et là avant d'échouer à Istanbul où elle avait été choisie, élue, pour grossir les rangs du harem du futur sultan, Suleyman.

Roxelane n'avait alors eu qu'une envie : traduire dans ses poings les battements de son cœur révolté. Et soulager ces poings sur les poitrines des lâches, des traîtres qui osaient rafler les femmes comme on cueillerait des fleurs pour les laisser faner dans des harems, qui croyaient avoir bon goût de les arracher de leur terre, de leurs vêtements, de leur volonté, qui pensaient, du haut de leur condescendance débile, que l'on pouvait décemment, sérieusement, songer à la soumettre elle, Roxelane. À la plier en deux, en quatre pour répondre à leurs désirs, ceux du sultan et des autres. Ils pouvaient aller se faire foutre. Tous, autant qu'ils étaient. Elle n'en avait pas peur. Encore un tour de son sang animal. Mais son pouls finit par décélérer, jour après jour. Elle cessa peu à peu de haleter. Inspira profondément. Elle comprit alors que son intérêt n'était pas là. En persistant dans sa révolte obscure, elle desservirait manifestement sa cause. Il lui fallait agir plus finement. Se montrer conciliante. Et injecter le fiel tout doucement. Comme du poison dans un baklava. Les endormir tout doucement. Il lui fallait gagner le cœur du sultan. L'esprit du sultan. Sa volonté. En restant inclinée, réussir à le dominer tout en lui baisant les pieds dans le harem. Devenir habile. S'exercer à manier les fils de la marionnette comme elle s'échinait à décliner toutes les cordes du luth en un mouvement aléatoire et prompt. Elle se lança corps et âme – et l'on comprendra ce que cela signifie pour un être comme Roxelane – dans l'entreprise. Elle s'y donna tellement que son cœur même finit par s'investir et se prendre à son propre jeu, à son propre piège. Corps et âme durent abdiquer dans la chamade. Le cœur que l'on n'attendait pas ici semblait remporter la partie. Jusqu'au vertige du vide. Tout en continuant à se le nier furieusement, du haut de toute sa mauvaise foi, elle tombait amoureuse.

Elle tenta de lancer un appel désordonné à la raison. Tellement brouillonneux qu'il ne servit à rien. Mais Roxelane avait appris la patience, malgré son tempérament. Un après-midi, alors que le soleil déclinait paresseusement vers le Bosphore, elle sortit de sa somnolence, et se résolut à prendre une décision. Elle était là pour sauver sa peau, son honneur et ses projets, avant tout le reste. Elle aperçut une figue qui avait dû s'échapper de l'un des paniers de midi pour filer se blottir sous un coussin. Elle s'en saisit, chercha un couteau et incisa le fruit. Cœur ouvert, projection de chair et de sang. Avec la pointe du couteau, elle dégagea l'une des infimes graines qui peuplaient le *boum-cœur*. Elle laissa glisser la lame contre un pot en céramique. La graine tomba. Avec la pointe du couteau, elle dégagea une seconde graine qui peuplait le *boum-cœur*. Elle laissa glisser la lame contre le pot en céramique. La graine tomba. Elle était prête à répéter l'opération autant de fois qu'il serait nécessaire. Elle s'obstinerait. Elle compterait chacune des graines arrachées à la chair parfumée. L'esprit vide, enfin, sans passion immédiate, peut-être serait-elle à même de prendre une décision rationnelle.

La première moitié charcutée, Roxelane mangea la seconde. Ce petit jeu l'avait fatiguée, et la sagesse ultime ne lui donnerait pas rendez-vous aujourd'hui. Il était péremptoire et vain de prétendre séparer impulsion et raison par un acte chirurgical. Elle aimait Suleyman, soit. Il fallait peut-être précisément s'en faire une raison. Mais il y avait peut-être aussi un meilleur parti à en tirer. Suleyman l'avait choisie, c'était clair aux yeux de tous. Elle avait fini par le choisir aussi, contre ses raisons. Plutôt que de lui résister, de se résister, elle allait donc le gagner entièrement. Gagner son exclusivité. Ce qui tiendrait de la victoire réelle. Tout aussi réelle que le refus d'obtempérer, de se soumettre, qui avait bien failli devenir sa ligne de conduite.

> Cet Aleph existe-t-il au cœur d'une pierre ? L'ai-je vu lorsque j'ai vu toutes les choses et l'ai-je oublié ?
>
> Jorge Luis Borges, *L'Aleph*

Javier Leonardo Borges continuait à s'affairer. Intimement convaincu de la vérité historique de son hypothèse – Cuauhtémoc n'était pas mort entre les mains de Cortés, et avait vraisemblablement fui à l'Est embarquant avec lui les dieux et les déesses aztèques, si l'on en croyait le *peri* de Shah Quli –, il lui fallait maintenant dégoter des preuves. Toutefois, lorsque l'excitation retombait quelques heures, permettant à sa lucidité d'émerger, il se disait, un peu amer, qu'il avait pris des vessies pour des lanternes pendant cinquante ans. Que, depuis cinquante ans, il écrivait des foutaises sur l'histoire du Mexique. Rajoutant de-ci de-là, en bon décorateur, des fioritures au récit kitsch d'une conquête en toc. Un bon chercheur est toujours, au fond, un bon alchimiste ; il prétend créer un récit philosophal crédible avec des suppositions, des intuitions et quelques preuves. Mais J. L. Borges ne l'entendait pas de cette oreille. Déboussolé depuis l'énorme bourrasque qui avait balayé Cuauhtémoc de la carte de la Nouvelle Espagne, il n'avait qu'une idée fixe. Et pragmatique. En savant accompli, il allait devoir achever sa tâche : après avoir construit le mythe, il allait le détruire. Et, contrairement aux apparences, cette partie du travail était de loin la plus ardue. Pour commencer, il lui fallait à tout prix des éléments nouveaux, des indices pour ventiler le bouillon de culture qu'il remuait depuis des jours. L'idée de prévoir un déplacement au Mexique le fatiguait d'avance. Il avait toujours tenu à son confort, et sa mauvaise grâce au moment de bouger augmentait proportionnellement à son âge. Il convoqua donc quelques-uns de ses sbires, comprenons les maîtres-assistants qui le secondaient dans sa recherche. Il leur exposa ses volontés de manière confuse : il leur en dit trop pour ne pas éveiller leur curiosité, pas assez pour qu'ils comprennent de quoi il en retournait. À la fin de la réunion, échangeant entre eux, ils arrivèrent tout juste à se mettre d'accord sur un point : ils devaient partir à Mexico, écumer les bibliothèques et se farcir tous les textes d'époque évoquant Cuauhtémoc ou la Malinche, établissant un rapport exact de chacun d'entre eux. J. L. Borges avait en effet l'intime conviction qu'un empereur, ça ne se volatilise pas comme cela : un mystère de cette taille-là avait forcément laissé des traces quelque part. Il ne dormirait pas tranquille tant qu'il ne saurait pas pourquoi et comment Cuauhtémoc avait abandonné son Empire et qui était le figurant qui l'avait doublé pour mourir entre les mains de Cortés. Mais tout cela, il se garda bien de le partager. C'est donc dans ce flou qu'il voulait scientifique que J. L. Borges – débonnaire – annonça à ses chers disciples alignés en rang d'oignons qu'ils pouvaient disposer. La porte refermée, le premier pesta car il croulait déjà sous la masse de travail, le second réfléchissait à la façon dont il allait annoncer à sa compagne qu'il la laisserait seule emmener leurs deux fils à la montagne, et le troisième pensait sérieusement à se reconvertir, la fac merci bonsoir, sans compter que son dernier tube de Prozac était bientôt vide. Ils partirent le surlendemain pour trois semaines. Et ils revinrent bredouilles.

J. L. Borges maugréa, les traita d'incapables, on n'est jamais mieux servi que par soi-même, et ces jeunes pas débrouillards pour un sou, on s'étonne que le monde ne marche plus droit, de toute façon l'université était foutue, cela faisait longtemps qu'il le disait, ce n'était pas cette bande d'amateurs qui allait la restaurer, et la Malinche commençait sérieusement à le gonfler, et il allait donc prendre ses billets d'avion direction Mexico. Pendant ce temps, Hakan, à l'autre bout du monde, chargé de mission par J. L. Borges, n'obtenait guère de résultats plus glorieux. Il avait beau chercher, aucun manuscrit d'époque, aucun document de gouvernement ne faisait mention d'un empereur aztèque clandestin sur les terres ottomanes. Cela faisait sept fois qu'il relisait le manuscrit de Saad-eddyn retraçant l'histoire de Suleyman, au cas où il aurait loupé un indice. Inutile. Il fallait se rendre à l'évidence, le réseau d'intelligence planétaire dont avait rêvé le vieux professeur ramait douloureusement.

Jusque-là, reste calme mon âme !

William SHAKESPEARE, *Hamlet*

À force de patience, Roxelane ourdissait son projet. Les griffes rentrées, elle consolida son amitié avec Ibrahim, premier officier de la chambre. Autrefois, Roxelane avait été son esclave, avant qu'il décidât de l'offrir au sultan. Aujourd'hui, il était son meilleur complice, sa moitié dans le monde impitoyable du sérail. À force de finesse, elle parvint même à conquérir Ayşe Hafsa Sultan, la mère de Suleyman. Ces deux clés ouvraient à elles seules toutes les portes du palais de Topkapi et la totale confiance du sultan. La petite esclave ruthénienne réussit là où personne n'aurait même risqué la chimère du succès avant elle. Elle allait s'asseoir sur le trône, en mettant simplement un pas devant l'autre. Une fois le cœur du sultan dans la poche, elle décréta qu'elle se convertirait à l'islam. Son père, pope de Galicie, se serait étouffé avec sa barbe s'il avait appris que sa fille offrait ses faveurs à Mahomet. Mais, une fois fidèle d'Allah, elle devenait une femme libre. Elle fit alors remarquer à son aimé, en toute logique, qu'une pieuse croyante, libre, n'était plus une prostituée à la disposition du sultan. Elle avait désormais son mot à dire. Il ne la verrait plus, ou l'épouserait. Un peu embarrassé, Suleyman. Il n'avait pas vu venir l'affaire. Il l'épousa donc – avait-il le choix ? – contre la tradition. Le sultan connaît des femmes, élève des favorites, mais n'épouse pas. L'exception confirma la règle du jeu de Roxelane.

De tout son art – politique ou amoureux, les analyses discordent –, Roxelane se mit à conseiller incessamment son amant, qui l'écoutait vivement. Elle devenait le bras droit. Le bras qui, au fond, s'élevait un petit peu plus haut, à peine, juste assez pour jouer quelques accords dans les fils qui tendaient tout l'Empire ottoman. De l'extérieur, le décor en carton-pâte était perceptible, même si la pudeur de tous ces souverains jaloux de leur propre virilité les empêchait de le reconnaître publiquement. Mais ils ne dupaient personne. Les missives et les cadeaux européens cherchant à infléchir le Grand Turc étaient tous adressés, de fait, à la Grande Turque. Les ambassadeurs redoublaient d'attentions, sachant qu'une fois Roxelane gagnée à leur cause Topkapi le serait aussi. Le sultan se rangeait toujours au côté de son ancienne esclave. Roxelane faisait renaître Constantinople. Constantinople et sa Constantine dépasseraient Paris, Rome, la colline de la Sabika et les autres prétendantes.

Ta science, me disaient-ils, te fait nuit brillante parmi les hommes,
Oui, une nuit illuminée par un beau clair de lune.

Et moi, je répondais : Assez ! Ce sont vains mots et belles paroles :
Science sans moyen de subsistance n'est qu'un spectre désincarné.
Le pauvre est toujours dans un état pitoyable.

Que de peines doit-il supporter pour continuer à vivre !

Les Mille et une nuits

Si cela n'avait été pour son ami de longue date, Hakan aurait abandonné sa recherche depuis belle lurette. Certes, l'idée d'un séjour oriental de Cuauhtémoc était appétissante, mais elle n'en demeurait pas moins rocambolesque et nourrie de maigres indices. Hakan en arrivait parfois à soupçonner le vieux Borges d'être quelque peu gâteux et d'avoir un brin abusé de Fernet branca le jour où il l'avait contacté exalté. Mais enfin, son mois d'août était désœuvré, il avait bouclé son dernier ouvrage plusieurs semaines en amont et, la rentrée universitaire n'étant pas encore au goût du jour, il pouvait s'offrir le luxe d'une recherche inutile. *Il faut bien que vacances se passent, et c'est ainsi qu'Allah est grand*[1]. Il tentait pour le moins de s'en persuader. Parce que, tout de même, il enviait légèrement tous ses compatriotes affalés sur les gradins ensoleillés bordant le Bosphore autour d'un thé ou d'un narguilé. Lui, cependant, bénéficiait du privilège du libre accès aux fonds anciens de la bibliothèque. Privilège des plus V. I. P., on s'en doute. Mais le soleil distribué à tous lui semblait finalement bien désirable, après des journées passées à la lumière artificielle parce-que-sinon-les-manuscrits-risquaient-d'être-endommagés… Le soleil lui faisait un pied de nez tous les soirs avant de plonger dans le détroit, à l'heure où Hakan estimait avoir terminé une journée décente de travail infructueux et émergeait au monde. Un après-midi de cavalcade silencieuse à travers une montagne de papiers moisis

1. Alexandre Vialatte, Chronique du 5 septembre 1961.

et pour ainsi dire illisibles (peut-être victimes d'une des impolitesses des eaux du Bosphore qui se permettaient parfois de sortir de leur lit pour faire un détour dans les ruelles de la ville), Hakan en eut assez. Il allait rompre sa promesse. Heureusement qu'il avait juré à J. L. Borges de ne parler à personne de toute cette histoire via le téléphone, sans Coran sous la main pour consacrer sa parole. Il alla trouver un vieux collègue de confiance. Celui-ci se réjouit de sa visite et l'invita à partager un verre de thé à la pomme. Ils s'installèrent dans un séjour au décor désuet qui rappelait à Hakan la maison de ses parents. Il sourit, se sentit à l'aise. Sans fausse courtoisie, ils commencèrent par évoquer le mariage prochain de la fille aînée de l'hôte d'Hakan, la santé de sa mère souffrante, les travaux universitaires en cours de l'un et de l'autre. Hakan avait toujours apprécié le rapport sincère et respectueux qui s'était établi avec ce collègue. Nul jeu de préséances ou de protocole dissimulé sous des airs de détachement. Ainsi, c'est presque naturellement que la conversation, suivant son cours, déboucha sur les préoccupations d'Hakan. Il conta ses dernières aventures incongrues. Hakan aurait aimé savoir s'il existait des fonds d'archives nationaux méconnus ou des bibliothèques privées spécialisées dans les questions hispano-américaines ou coloniales. Hakan aurait aimé savoir si des historiens turcs du XVIe siècle s'étaient passionnés pour le nouveau monde. Hakan aurait aimé savoir si des explorateurs un peu fous avaient jadis parcouru la route des Indes avant de reprendre celle de la soie et de faire halte à Istanbul en apportant des nouvelles et quelques identités déguisées. Hakan aurait aimé savoir si un Marco Polo oublié n'aurait pas eu la bonne idée d'écrire un *Livre des Merveilles des Indes Occidentales* délivrant tous les secrets et les machinations des empereurs aztèques. Son ami se contentait de nier de la tête, le regard tantôt porté sur Hakan, plein de bienveillance, tantôt baissé humblement vers le sol. Le débit d'Hakan se réduisit peu à peu, ses questions se tarirent, insensiblement. Son confident lui resservit une tasse de thé.

Hakan était déjà sur le pas de la porte quand le vieux Turc le rattrapa. Il avait soudain songé à une piste à sonder. Il s'était souvenu d'un marchand qui, depuis Mathusalem, tenait une échoppe au fond du Bazaar égyptien et qui avait toujours voué une passion au Nouveau Monde. À une époque, il collectionnait tout ce qui pouvait lui tomber sous la main provenant de l'autre côté de l'Atlantique. Fétichiste qui n'effectuait pas de tri professionnel entre les objets divers qui échouaient sur son comptoir, il n'en demeurait pas moins qu'il avait plusieurs fois fait l'acquisition de documents de valeur. Peut-être aurait-il quelque chose à mettre sous la dent affamée d'Hakan. Hakan n'avait de toute façon plus d'autre voie à explorer. En désespoir de cause, il se rendit au Bazaar. Il eut quelques difficultés à trouver la boutique indiquée. Cela faisait des années qu'il n'était plus entré dans la galerie marchande. Il n'y avait personne. Il était en train de fulminer lorsqu'il distingua un vieillard qui entrait par la porte nord après avoir éjecté son mégot de cigarette, s'avançant vers lui avec cette lenteur des vieux, comme s'il disposait de l'éternité pour rejoindre le bout de l'allée. Par chance – il en fallait à un moment –, il s'agissait bien de Bahadir Yildirim, mentionné par son collègue. Hakan le salua. Il se présenta comme un historien spécialiste du Mexique précolombien et colonial. Il avait entendu parler de ses collections de documents provenant de ce coin-là du monde. Aurait-il quelque chose d'intéressant à lui proposer ? Bahadir Yildirim réfléchit et secoua la tête d'un air navré. Son visage s'éclaira cependant la seconde d'après. Il leva l'index, pensant de toute évidence à quelque chose. Il se dirigea vers une malle au fond d'une échoppe qu'Hakan n'avait pas encore eu la patience d'observer. Des tapis s'entassaient sur des livres, à cheval sur des plateaux et sous des théières dans un ordre défiant toutes les lois de la physique. Regardez ce que j'ai là, ça pourrait peut-être vous intéresser.

Il farfouilla au fond de la malle si grande qu'elle aurait pu contenir la moitié de la population de chats de la ville, ce qui n'était pas peu dire, et, au bout de quelques minutes, il tendit une espèce de calumet tordu à Hakan, qui le prit avec un regard inquisiteur, se demandant si le marchand se payait sa tête ou si le génie des Indes allait surgir du tube et résoudre toutes ses galères. Le vieux commerçant croisa ses bras sur la poitrine, satisfait, attendant sans doute qu'Hakan tombe en pâmoison devant l'objet. Hakan lui fit remarquer que cela n'avait rien à voir avec ce qu'il lui demandait. Cela ne convenait pas. Bahadir Yildirim, vexé de ne pas avoir réussi à créer l'effet voulu avec son calumet et encore plus déçu de voir s'envoler une petite centaine de TL, lui rétorqua qu'il ne lui avait pas demandé un objet qui convenait, mais un objet intéressant. Voilà qui était un objet intéressant. Peut-être n'avaient-ils pas la même perception de ce qui était intéressant et, si Hakan était à ce point arc-bouté sur sa petite recherche ultraspécialisée, il passerait à côté de mille choses dans sa vie, et cela serait bien dommage, et il pouvait le croire, lui, Bahadir Yildirim, vu les années qu'il comptait et qu'il avait cessé de compter. Hakan faillit lui envoyer le calumet à la figure, mais il se reprit. Il formula des excuses des plus hypocrites et demanda à Bahadir Yildirim s'il n'avait réellement aucun document, aucun bout de papier qui puisse l'aider dans son travail (ce qui ne remettait bien sûr absolument pas en question la beauté incommensurable du calumet susdit). Bahadir Yildirim se gratta le sommet du crâne. Si vraiment vous cherchez quelque chose d'« intéressant », monsieur, pour vous citer, je crois qu'il vous faudrait retrouver le bonhomme à qui j'ai vendu il y a des années de cela une boîte de lettres administratives adressées par Cortés à tout un tas d'anonymes, sans doute du beau monde, hein, moi je ne sais pas. On m'a raconté que ces documents étaient arrivés en même temps qu'un navire marchand, au XVIe siècle. Ce qu'il en est vraiment, je ne peux vous le dire, mais enfin, la légende est plutôt plaisante, et je l'ai crue. Hakan se retint pour ne pas l'interrompre. Il le laissa causer jusqu'à ce qu'il puisse glisser ce qui lui tenait à cœur : qui était cet acheteur ? Bahadir Yildirim hésita. La vente devait remonter à une quinzaine d'années. C'était un professeur de l'Université, ça, il s'en souvenait. Mais alors, son nom ? On vit disparaître Bahadir Yildirim derrière une pile de cartons, on l'entendit farfouiller et il revint avec un énorme registre poussiéreux et légèrement huileux. Il avait dû servir à l'occasion d'assiette à loukoums. Le marchand expliqua à Hakan qu'il répertoriait là toutes les transactions effectuées depuis qu'il avait ouvert l'échoppe. Il semblait fier de son labeur.

Il ouvrit l'encyclopédie remplie de noms et de chiffres (et de taches d'huile), en tourna les pages craquantes avec un flegme insoutenable pour son interlocuteur. Après cinq ans d'attente (le vieillard parcourut cinq fois trois cent soixante-cinq pages, l'une après l'autre, avec une délectation infinie), il posa le doigt sur un nom, releva la tête et sourit à Hakan : je l'ai ! Ruhsar Çelik. Hakan prit note, remercia bien Bahadir Yildirim, lui acheta un paquet de tabac pour la peine, et il se dépêcha de sortir du Bazaar. Il lui fallait à présent trouver un annuaire, même si la probabilité de tomber sur un Ruhsar Çelik encore vivant était à peu près nulle. Ce nom ne lui disait même rien, alors qu'il travaillait dans l'université où avait exercé cet homme, si on en croyait Bahadir Yildirim. Une recherche Internet lui indiqua une maison dans une des ruelles de Sultanhamet. Il s'y rendit. Frappa à la porte. Une femme lui ouvrit. Hakan lui exposa sa requête. La femme soupira. Elle avait été la servante du bon professeur décédé il y avait des années de cela. Elle lui suggéra d'aller consulter le derviche Yeşim, ami intime du professeur. Si quelqu'un était susceptible d'éclairer les questions historiques d'Hakan, ce ne pouvait être que lui. Après des démarches des plus ennuyeuses, Hakan trouva le derviche Yeşim qui lui conseilla de joindre l'imam Yusuf, qui avait très certainement plus d'éléments à lui fournir. L'imam l'envoya vers un batelier qui l'orienta vers un vendeur ambulant de kebabs à Taksim qui le pressa d'aller voir Mehmet, marchand de poisson dans le quartier de Samatya. Mehmet était le neveu de Ruhsar Çelik. Celui-ci était mort sans descendance : il avait légué ses modestes avoirs à Mehmet et relégué toutes les babioles accumulées au cours de sa vie chez le même Mehmet. Évidemment, le jour où Hakan débarqua sur le marché aux poissons, Mehmet était absent. Le lendemain, il put néanmoins le rencontrer. Mehmet se montra d'abord méfiant. Que lui voulait cet homme, et pourquoi s'intéressait-il de si près aux affaires de son oncle ? Hakan se présenta comme le fils intellectuel de Ruhsar Çelik – qu'Allah lui pardonne tous les mensonges proférés ces derniers temps avec la facilité d'un maraîcher qui fait sa réclame. Ils travaillaient dans le même laboratoire. Avant de prendre sa retraite, le professeur avait désigné Hakan comme successeur. Il était chargé de poursuivre ses travaux. Mehmet haussa un sourcil, mais l'histoire lui semblait peu ou prou crédible. Il accepta de conduire Hakan chez lui à la fin de son service. Hakan déambula entre les étals pour passer le temps. Il observait les poissonniers ouvrir les bêtes d'un coup vif, plonger les mains entre les tripes et les viscères, en retirer des morceaux, en couper d'autres, emballer les uns, jeter les autres... Un vertige le prit. Il n'aurait pu dire si c'était la vue et l'odeur de cette boucherie qui lui soulevaient le cœur ou si cette nausée profonde naissait d'une épiphanie étrange, d'un parallélisme choquant entre le travail de ces hommes et son propre métier de chercheur. Depuis des semaines à présent, il évidait les archives, les documents, conservait des paragraphes, en excluait d'autres, éventrait des manuscrits moisis pour qu'ils lui fournissent quelque chose de comestible. Il se sentit soudain bien humble au milieu de cette fête foraine de nageoires et d'écailles.

Mehmet avoua qu'il avait rangé tous les objets hérités de son oncle dans un coin, à défaut de savoir qu'en faire. Il les conservait afin d'honorer sa mémoire, mais c'était vrai que tout ce bric-à-brac prenait de la place. Il mit assez rapidement la main sur un coffret de métal, recouvert de céramique d'Iznik. Il fit grincer le couvercle de la boîte, vide, et agrippa la lame du fond pour la faire sauter. Il grimaça, comme s'il s'excusait de la simplicité enfantine de la cachette choisie par son oncle. Il tendit quelques feuillets jaunis à Hakan. C'est sans doute cela que vous cherchez. Je… Je ne sais pas bien lire, enfin, pas l'espagnol, reprit-il aussitôt en fixant les papiers. Faites-en bon usage. Il hésita. Peut-être, si vous n'en avez plus besoin pour votre recherche, pourriez-vous me les restituer, à l'occasion je veux dire, se précipita-t-il, ce n'est pas urgent, je n'en ai pas besoin, comme je vous l'ai expliqué, mais vous comprenez, c'était à mon oncle, il me faisait confiance, et... Hakan le regarda avec bienveillance et l'en assura. Il promit, en invoquant la clémence du ciel en son for intérieur : qu'une fois dans toute cette histoire il puisse ne pas être parjure !

Hakan ne rentra pas directement chez lui. Les documents glissés dans une enveloppe, le tout dans la poche intérieure de son blouson, il embarqua sur un ferry traversant l'estuaire, pour prendre l'air et marcher le long de la rive opposée. Il en avait besoin. Le vent claquait le fanion planté sur la proue du bateau, le vent claquait ses joues, la lame fendait l'eau tendue de nerfs, on filait droit devant, tout était simple.

Corne d'or, croissant de l'Islam, buffle haletant aux artères déchirées dans le grand drapeau rouge. La côte avait été sauvage. Elle était surpeuplée de vendeurs, de motos, de cannes à pêche flottant entre les méduses et les sacs plastiques. Hakan aurait aimé pousser plus loin, s'extraire de la ville. Ce ne serait pas pour ce soir. En une dizaine de minutes, il avait rejoint l'Asie. Il s'assit le long du Bosphore. Une navette passa, ralentit pour inviter les touristes à monter à bord, la musique braillait. Hakan resta longtemps au bord de l'eau. L'eau devint feu, les palais et les mosquées se dressèrent comme des torches. Le feu s'éteignit, ne laissant que des cendres. Hakan aperçut soudain une cigogne. Que pouvait-elle bien faire à Istanbul en plein mois d'août ? Elle s'était probablement égarée en migrant entre deux continents. Désorientée, plantée sur le rivage, fixant résolument l'autre côté.

Beau ciel, vrai ciel, regarde-moi qui change !

Paul VALÉRY, « Le Cimetière marin »

Tout Istanbul brûle sous la chaleur incandescente du soleil. Roxelane a fui dans le jardin. L'eau des fontaines résonne comme une prière. L'eau est abondante, offrande perpétuelle du ciel à Topkapi. La fraîcheur des jardins est pays de Cocagne épargné par la canicule. Roxelane aperçoit son reflet dans une vasque. Les gouttes nouvelles ne cessent de le briser en mille petits morceaux. L'image lutte vainement pour se recomposer. Roxelane lève les yeux vers la pierre du palais et ses mosaïques tutélaires. Elle ferme les paupières et laisse le bruit de l'eau l'envahir. Pour une fois, le sultan et son monde attendront.

> Oui, quand bien même vous n'eussiez pas eu cet avis des dieux, il n'était pas décent pour vous de tolérer pareille tache. Le meilleur des rois avait disparu : il fallait pousser les recherches à fond.
>
> SOPHOCLE, *Œdipe roi*

Le soir même, Hakan feuilleta les pages confiées par Mehmet. Il craignait de les briser tant elles étaient sèches et fines comme un mille-feuille de baklava. L'encre était délavée, l'ensemble paraissait illisible. Il s'attellerait demain à cette nouvelle phase du problème. Il allait ranger précautionneusement l'ensemble dans l'enveloppe lorsqu'un papier s'en échappa, pas plus grand qu'une carte de visite. Le texte hébergé était écrit en turc, ce qui contrastait avec le reste du lot, en castillan. Il se déchiffrait sans difficulté. Quelques mots seulement étaient griffonnés : *le double jeu de l'Imparator Cuauhtémoc*. Hakan était bien avancé. Certes, on était dans la bonne thématique : un empereur aztèque dont la conduite ne semblait pas irréprochable, et, ô chance !, celui que recherchait désespérément son collègue J. L. Borges depuis des semaines. Mais si là se trouvait l'analyse des mystères aztèques du professeur Ruhsar Çelik qui avait longtemps eu ces missives entre les mains, on pouvait dire qu'il avait fait avancer la science... Il ne nous disait rien. Un « double jeu », on peut le mener sur bien des plans : Cuauhtémoc avait peut-être tout bêtement trompé sa femme et s'était retrouvé dans les baskets d'un héros de vaudeville. Il n'était pas forcément parti incognito de ses terres aztèques vers la Turquie, comme voulait tellement le croire J. L. Borges. Hakan retourna la carte et remercia le ciel pour les quelques commentaires supplémentaires qu'il put y lire. Il parcourut le texte et demeura circonspect. Les mots étaient certes lisibles, mais encore fallait-il en comprendre le sens. Une énigme. Ne manquait plus que cela. Ce petit rigolo de Ruhsar Çelik avait dû sacrément s'ennuyer dans son bureau de la fac pour en arriver à pondre ce qui ressemblait à une enquête policière. Ce qui contrariait fortement Hakan en ce moment précis, cela va sans dire. Non seulement il allait devoir s'échauder les neurones sur la signification de ces phrases – à supposer qu'elles en aient une –, mais il lui reviendrait aussi logiquement de faire un lien entre ces dernières et l'empereur aztèque s'il prétendait tendre une main secourable à J. L. Borges. Alors qu'il était sur le point d'aller se coucher la minute d'avant, il savait sa nuit ruinée. La tête sur l'oreiller, les yeux grands ouverts, la nuit passerait à voir les mots tourner, se retourner, se détourner, sur le plafond.

Suleyman est mort. La sagesse a rechangé de temple. La journée de Suleyman, comme celle d'Œdipe, compte trois heures. Allah est grand, plus grand que Suleyman. Plein de magnanimité, il donne cinq heures à ses fidèles qui s'allongent en été. Ses fidèles s'en souviennent, et dès la quatrième, s'inclinent vers le sol pour offrir la journée écoulée à Allah.

Il n'avait aucun style, en plus, ce Ruhsar Çelik. On aurait dit une prophétie en plastique. L'imitation des Anciens, ça va un temps. Mais là, il aurait pu faire simple. Et sobre.

On se doute de la façon dont Hakan occupa les heures qui suivirent. Il se plongea tout d'abord dans les missives de Cortés récupérées chez le marchand, avant d'en revenir au texte de l'énigme. Le conquistador espagnol y évoquait des problèmes logistiques et des questions diplomatiques en tout genre. Panorama historique passionnant, sans aucun doute, mais rien de bien croustillant. Contre toute attente, dans cette correspondance masculine, la dernière lettre était signée par la maîtresse de Cortés, la Malinche. Et elle y évoquait Cuauhtémoc. Ce qui parut d'emblée étrange à Hakan fut le piètre état du document. L'ensemble des lettres avait certes souffert du temps, mais aucune n'avait été ravagée de la sorte. Le premier et le dernier paragraphe, très précisément, semblaient avoir été passés sous l'eau. Le reste du texte était encore déchiffrable. Altération du papier trop méthodique. Hakan soupçonna un acte volontaire. Deux post-scriptum suivaient la signature. Le premier complétait les recommandations laissées par la Malinche à son destinataire. L'écriture du second était un peu plus maladroite. On aurait dit qu'une autre main s'était chargée de le rédiger. Hakan s'empressa de le lire. Il sentit son pouls s'accélérer en comprenant qu'il s'agissait en réalité d'un commentaire laissé par le professeur Ruhsar Çelik. *J'ai pris le parti d'effacer de cette lettre les éléments pouvant affecter notre sainte nation. Je n'ai pu cependant les effacer de l'Histoire. Je n'en aurais d'ailleurs nullement le droit. Celui qui trouvera ces documents après moi sera nouveau juge. Et maître de ses actes.*

Qu'il prenne la responsabilité ou non de chercher ce qu'il s'est véritablement passé sur nos terres ottomanes. Cette lettre était bien trop compromettante pour être préservée. Je laisserai avec cette liasse quelques mots humblement codés comme clé. Prudence. Cette clé est clé de voûte de tout un édifice, notre nation, notre patrie, dont les soubassements se verraient sapés si les faits que j'occulte étaient révélés. Que mon lecteur sache se méfier avant d'enquêter… Que l'incrédule aille vérifier les registres de la prison d'État. Il y verra que l'on y apprend rapidement le silence. Une nausée indescriptible envahit Hakan. Un creux lesté se nicha dans son estomac. Que cherchait à lui signifier là Ruhsar Çelik ? Hakan ne voulait pas comprendre. Hakan n'osait pas comprendre. Mais il n'avait que trop bien compris. Ce n'était pas que le poids écrasant actuellement son diaphragme qu'il aurait à supporter, mais tout le poids d'une apocalypse nationale à porter sur ses épaules comme une croix. Quelle apocalypse, il n'en savait rien, mais Ruhsar Çelik n'avait pas mâché ses mots. Il établissait un lien abscons mais indéniable entre feu l'Empire aztèque et l'histoire de la Turquie. Hakan tenta de rassembler ses esprits partis en vrille. Il chercha à se rassurer. Qui lui disait après tout que ce Ruhsar Çelik n'était pas un cinglé de la pire espèce ? En un sens, il n'avait aucune information sur lui, et cet universitaire n'avait semble-t-il pas fait une carrière mémorable, puisque Hakan lui-même, pourtant historien, n'en avait jamais entendu parler. Le coup de la prison, toutefois, s'il s'avérait exact, serait un tantinet dérangeant… Encore qu'il y a des centaines de raisons qui peuvent vous envoyer végéter derrière les barreaux. Hakan réfléchit. Contacter l'administration pénitentiaire pour quémander des renseignements ne servirait à rien, si ce n'est à éveiller des soupçons sur sa propre personne. Hakan se résolut donc à appeler Mehmet, le neveu du professeur, pour tirer les choses au clair. Ils convinrent d'un rendez-vous. Malgré toutes les lourdes précautions oratoires achalandées par Hakan, Mehmet mit de la mauvaise grâce à répondre. Cette histoire de prison sortie réchauffée du passé le mettait mal à l'aise. Hakan essaya de le persuader de ses bonnes intentions, il ne cherchait nullement à nuire à Mehmet et à sa famille. Tout ce verbiage congestionna la conversation et renforça la méfiance de Mehmet. Hakan dissimulait tant bien que mal son impatience. Il multiplia les « s'il vous plaît », les regards implorants, il brassa encore un peu d'air mais eut la sensation des plus désagréables de pisser dans un violon. Il se décida alors une fois de plus à enfreindre son code d'honneur et à jouer les imposteurs. Sans ciller, il expliqua à Mehmet qu'en tant que professeur à l'Université et haut fonctionnaire il pouvait avoir accès à des dossiers ministériels. Il appellerait donc aujourd'hui même la justice qui l'autoriserait à consulter le cas Ruhsar Çelik. Il s'était refusé à ce procédé cavalier par discrétion et déférence pour Mehmet, mais si celui-ci déclinait sa proposition de collaboration, eh bien, Hakan n'aurait plus le choix et devrait hélas faire remonter toutes ces vieilles histoires à la surface des eaux ministérielles, cela ferait peut-être des vagues, on ne sait jamais comment les hautes autorités sont vissées, selon les jours, n'est- ce pas, et sa requête pourrait donner à certains hauts dignitaires l'envie soudaine de rouvrir le dossier Ruhsar Çelik. Une lueur d'inquiétude passa dans les yeux de Mehmet. Comment aurait-il pu juger de la crédibilité du discours d'Hakan ? Il ne savait pas vraiment comment fonctionnait cette machine obscure appelée « l'État » dont le nom limpide et propre cache bien des rouages. Au fond, il ne risquait pas grand-chose à révéler ce qu'il savait de l'incarcération de son oncle. C'était un fait objectif, vérifiable, alors à quoi bon s'obstiner à le cacher... Et, son pauvre oncle étant innocent, il n'entacherait pas sa mémoire pour autant. Mehmet confirma alors l'information, après avoir insisté longuement sur le fait que son oncle avait toujours été un homme pieux et un bon musulman. Il n'avait jamais fait de tort à personne. On avait voulu un temps le réduire au silence ; son métier d'historien l'avait amené à découvrir des informations qui n'arrangeaient pas trop le gouvernement. En tout cas, c'est ce que lui avait confié Ruhsar Çelik après sa sortie de prison. La version du gouvernement était tout autre, cela va sans dire. Ruhsar Çelik était atteint de folie, tenait des propos incohérents et pouvait se montrer violent. Il menaçait l'ordre public, il fallait l'enfermer. La famille du professeur était restée sans voix face à l'absurdité de cet enlèvement en bonne et due forme. Depuis quand Ruhsar Çelik aurait-il été agressif ? Lui qui tombait dans les vapes chaque année lorsqu'on égorgeait le mouton pour l'aïd… ! Ruhsar Çelik, le lucide, pris pour un aliéné, cela les avait tous dépassés. La police était un jour revenue fouiller la maison mais n'avait rien emporté. Hakan fut ému par le désarroi qui pointait encore, des années après, dans la voix de Mehmet. L'incohérence du récit du pouvoir crée des fous, c'est cohérent. Et la cohésion du système combat passionnément les failles, les brèches, élimine ce qui peut l'entailler, l'amoindrir. Après un temps de silence, Hakan s'excusa d'avoir été si vif auparavant, ne sachant dans quelle histoire douloureuse il mettait les pieds.

De retour chez lui, Hakan ressentit la densité du silence qui l'entourait. Il avait déjà connu le stress, l'inquiétude, l'agitation nerveuse. Pour la première fois de sa vie, il rencontrait l'angoisse. Ruhsar Çelik avait été emprisonné. Parce qu'il aurait pu parler. Dieu sait par quel miracle la lettre de la Malinche n'avait pas été découverte et détruite par les autorités. De la dynamite à l'encre leur était passée sous le nez. À présent, Hakan voulait comprendre. Il en revint donc à l'énigme. Comme un chimiste, il décomposa la matière des phrases, isola les composantes dans des tubes, les assembla différemment. Il inversa le mode opératoire, les phrases, les mots, les lettres. Il rechercha les étymologies, les significations. En turc et en espagnol. Il établit des chassés-croisés, des confrontations, autorisa l'ellipse. La magie du kaléidoscope s'usait. Il ne trouvait pas. Hakan était particulièrement perturbé par la mention de Suleyman. Suleyman semblait avoir défié Allah, si l'on en croyait les phrases de Ruhsar Çelik, ce qui ne se vérifiait absolument pas d'un point de vue historique. Suleyman avait été un sultan pieux, dans la droite lignée de son père, Selim. Hakan était épuisé, la démence le guettait, il en était sûr. Il attrapa son blouson et sortit. Son cerveau manquait d'oxygène. De plus, il connaissait l'énigme par cœur : rien ne l'empêchait de continuer à tergiverser en se dégourdissant les jambes. Et, pour une fois qu'il pouvait profiter du soleil, loin de cette satanée bibliothèque ! Il chemina de son appartement de Taksim vers la vieille ville. Ce n'était peut-être pas le meilleur choix, se dit-il, en voyant la horde de touristes venus envahir la Mosquée bleue et Sainte-Sophie. Il aurait dû réfléchir deux secondes avant de prendre cette direction. Toutes ces armées étrangères venaient se livrer des batailles rangées, dans une queue interminable, suivant leurs chefs qui agitaient sans relâche les drapeaux des nations conquérantes. Hakan frôla les troupes françaises qu'il connaissait bien pour avoir séjourné quelques années à Lyon. Le guide récitait sa leçon apprise par cœur sur « les beautés et les mystères de la basilique ». Hakan esquissa un sourire qui pointait vers la condescendance lorsque, subitement, il sentit son cœur battre très fort. Quel imbécile il avait été ! Pourquoi n'y avait-il donc pas songé plus tôt ? Il n'avait pas même pensé au B. A. BA, répété mille fois par jour au cœur de Sultanahmet par tous les guides de la planète ! Le Français poursuivait son récit, d'une voix de stentor : « L'empereur Justinien avait la prétention de construire le plus grand édifice de la chrétienté, dépassant le fameux temple bâti par Salomon à Jérusalem. Lors de la consécration de Sainte-Sophie en 537, la légende raconte que l'empereur satisfait aurait proclamé : "Salomon, je t'ai vaincu !" » Le Suleyman cité par Ruhsar Çelik n'était pas le sultan, Suleyman le Magnifique... C'était la transcription turque de Salomon, le sage ! Et le nouveau temple était donc Sainte-Sophie, construite par Justinien comme une boutade (de taille !) lancée à Salomon. « *Suleyman est mort. La sagesse a rechangé de temple.* » Le début de l'énigme était bête comme un jeu d'enfant. Et c'était un guide qui venait de le résoudre pour lui. Hakan était un peu déconfit. Il aurait pu mieux faire, quand même.

Un élément, un indice, devait donc émerger dans la basilique, si l'on en croyait l'énigme de Ruhsar Çelik. Quelque chose que des milliers d'yeux journaliers n'auraient toujours pas relevé ? Comment était-ce possible ? Hakan se gratta la tête et réfléchit à la prochaine étape. Se trouvant à deux pas de Sainte-Sophie, le plus logique était sans doute d'aller prospecter de ce côté-là. Il vit la queue interminable qui grouillait devant l'entrée et faillit tourner les talons, ce qui n'aurait pas été très professionnel. Il prit donc son courage à deux mains et rejoignit le troupeau pour attendre son tour.

Il attendit des heures, frôla l'insolation, s'inquiéta fortement de ses varices. Derrière un vendeur de souvenirs, un prosélyte distribuait des corans. Hakan lui en emprunta un. Autant utiliser son temps intelligemment. Il ouvrit le livre pour consulter les sourates dédiées à Salomon. Sait-on jamais. Il révisa ainsi rapidement son histoire sacrée (cela compenserait peut-être aux yeux d'Allah les serments biaisés des jours passés), mais il ne sortit pas beaucoup plus inspiré de sa lecture. Salomon, fils du roi David. Prophète et roi d'Israël. Tout un personnage… Salomon dominait les hommes. Salomon dominait les djinns. Salomon dominait le vent. Salomon bénissait Allah en ces termes : « Seigneur, pardonne-moi et fais-moi don d'un royaume tel que nul après moi n'aura de pareil. C'est toi le grand Dispensateur » ; et Allah le couvrait de ses bienfaits. Il lui offrit le plus grand royaume jamais dominé par un homme. Il lui accorda la Sagesse. Il lui donna une armée sans nombre. Hakan soupira sur le Coran : il jeta un coup d'œil autour de lui, les troupes de touristes, elles, stagnaient. Les sourates sur le Sage n'en finissaient pas. Salomon avait converti la souveraine de Saba et son peuple infidèle, adorateurs du soleil… qui tapait furieusement sur la place de la basilique. Hakan, lui, se serait fait parjure pour une éclipse. Salomon le grand, le sage, le craint. Parfait, mais cela n'apportait aucun élément nouveau à l'énigme. Quinze siècles séparaient les deux Suleyman, et sans doute un tas de non-dits digérés par le temps, oubliés par les hommes. La poussière des siècles était bien plutôt un tas de crasse.

Enfin, il put pénétrer dans l'antre. Il avait toujours cette sensation intempestive de parcourir un grand Bazaar lorsqu'il mettait les pieds dans Sainte-Sophie. Bazaar religieux, peut-être, mais bazar tout de même. Les mosaïques chrétiennes rivalisaient avec le mihrab et les énormes pendentifs islamiques qui veillaient sur les colonnades. Les touristes déambulaient ici comme ils le feraient quelques heures plus tard au milieu des marchands de narguilés et de céramiques. Ici, ils n'avaient pas même à négocier, ils accumulaient les clichés, en une boulimie effrénée, comme s'ils pouvaient ainsi ramener toutes les dorures de la basilique dans leur valise, c'est gratuit, infini, je prendrais bien encore cette photo, et celle-ci, et celle-là, et ce chandelier, et ce coin du sol, et ce bout de vitrail. Il aurait dû s'y attendre, Hakan, lui, n'y trouva pas son bonheur, malgré des heures passées à scruter tous les recoins. Il fallait être honnête, ce n'était pas de cette façon qu'il découvrirait quelque chose. Il se devait de retourner au texte de l'énigme et aux bouquins d'histoire pour approfondir sa recherche. Il prit le chemin de la bibliothèque : on n'oublie jamais d'où l'on vient.

Suleyman est mort. La sagesse a rechangé de temple. La journée de Suleyman, comme celle d'Œdipe, compte trois heures. Allah est grand, plus grand que Suleyman. Plein de magnanimité, il donne cinq heures à ses fidèles qui s'allongent en été. Ses fidèles s'en souviennent, et dès la quatrième, s'inclinent vers le sol pour offrir la journée écoulée à Allah.

Des jours lui furent nécessaires pour dégager un semblant de sens, la construction d'un scénario à peu près crédible. Ah, Œdipe !... Enfin, Hakan compatissait un peu. Le Grec avait traversé les mêmes souffrances face à un Sphinx narquois. Après s'être obstiné sur Sainte-Sophie, qui restait désespérément muette, il avait finalement prêté attention au verbe employé par le dissident Ruhsar Çelik : « La sagesse avait *re*changé de temple. » La formulation était étrange, et le préfixe superflu. La sagesse, du temple de Salomon à Jérusalem, était venue s'exiler à Sainte-Sophie, point barre. Autant qu'il sache, elle n'avait pas refait ses valises depuis. C'est précisément là qu'il s'égarait. Après avoir lu et relu le détail des événements historiques, il émit une hypothèse sur ce point. Sinan, l'architecte des sultans, avait islamisé Sainte-Sophie, avant de construire un certain nombre de mosquées, s'inspirant beaucoup du style de la basilique et révolutionnant l'art ottoman. La seconde mosquée majeure de Sinan, Süleymaniye, occupait une place particulière. Commandée par Suleyman le

Magnifique, elle fut élevée sur un emplacement choisi avec soin. Elle donnait directement sur la Corne d'Or. Les navires du monde ne distinguaient plus Sophie la Chrétienne en jetant l'ancre au port, mais la gloire d'Allah. Süleymaniye écrasait toute confusion possible. Elle gardait la cité. Le biblique Suleyman – Salomon – était mort, Justinien prétendait avoir dérobé la sagesse du temple de Jérusalem, mais le grand Suleyman avait eu raison d'eux. Il fallait chercher la sagesse dans la troisième bâtisse, Süleymaniye. Les dernières phrases, à la gloire d'Allah, ne permettaient pas d'en douter. Si la journée du païen – Œdipe – ou du Chrétien ne compte que trois heures, la journée du Fidèle les démultiplie. Les trois temps misérables renvoyaient à l'énigme du Sphinx. Alors que l'aube culmine à midi et se meurt le soir, le Fidèle, lui, bénéficie de cinq havres quotidiens. Les cinq *adhan*. Le quatrième appel est bercé du crépuscule. Le croyant, prostré devant Allah, devance trois fois le geste de la lumière qui décline. Il l'accompagne à la quatrième heure, venant poser son front contre le sol mêlant respect et crainte, devant Allah. Peut-être fallait-il être à Süleymaniye lors de la quatrième prière du jour pour comprendre.

Hakan se sentit confus. Un soulagement mêlé de malaise. Il avançait dans son enquête. Mais trouver quelque chose (dont il ignorait encore et toujours la nature, ce qui ne lui facilitait pas la tâche) dans une mosquée telle que Süleymaniye, c'était pire que de partir à la pêche de toutes les méduses du Bosphore.

Je te cherchais partout, Carlos, roi des Castilles !
Car la haine est vivace entre nos deux familles.
Les pères ont lutté sans pitié, sans remords,
Trente ans ! Or c'est en vain que les pères sont morts.

Victor HUGO, *Hernani*

En tant que maîtresse inavouable du Sérail, Roxelane reçut un jour du mois de janvier 1536 une lettre du roi de France. Le souverain proposait à l'Empire ottoman une alliance pressante contre Charles Quint. Les entreprises vindicatives de l'Empereur d'Espagne l'empêchaient de trouver le sommeil et lui causaient des reflux gastriques tous les matins. La jeune femme, un peu lasse de ces missives administratives échangées quotidiennement à travers tout le palais, envoya un messager pour solliciter une audience privée auprès de son époux.

Celui-ci la fit venir dans l'heure. Les requêtes de Roxelane méritaient toujours son attention. Elle pénétra dans la bibliothèque de Topkapi, qui était devenue le cabinet de travail coutumier du sultan. Il aimait la compagnie des livres qui veillaient paisibles sur la pièce. Roxelane, inexistante sous les kilomètres de voiles qui la protégeaient des regards, pénétra dans la salle. Une fois la porte refermée, elle défit les tissus, prit le courrier qu'elle portait sur elle pour s'éventer et récupérer de la chaleur ambiante. Elle évoqua le contenu de l'éventail en continuant de l'agiter. Suleyman blêmit, s'approcha de Roxelane à grands pas et lui arracha le papier. Il le lut avec une concentration qui parut disproportionnée à sa spectatrice. Quelques minutes passèrent avant que cette dernière n'osât lui demander innocemment ce qu'il comptait faire. Le silence orageux du sultan explosa comme s'il venait de percuter une masse d'air froid. Bien sûr qu'il allait porter son secours à François contre cette infâme Espagne qui ne cessait de tout détruire sur son passage. Des sauvages. Roxelane n'avait jamais vu Suleyman dans cet état. Elle n'aurait pu soupçonner qu'une simple lettre de demande d'appui provoquerait un déluge d'imprécations comme celui qui ne finissait pas de s'abattre sur les mosaïques de la bibliothèque. Roxelane découvrait le barbare en l'homme qu'elle aimait. Loin d'éveiller sa crainte, elle le dévisageait avec une fascination croissante. Suleyman était peut-être plus coriace qu'elle ne le croyait. Le sultan reprit ses esprits et dit qu'il allait envoyer dans la minute des bataillons armés prêter main-forte au Français. Roxelane réagit vivement, et lui conseilla de convoquer le *Divan*. Il ne pouvait décemment prendre une telle mesure sans l'assentiment de son gouvernement. Suleyman écarta la jeune femme d'un revers de la main. Déstabilisée, elle fit un pas de côté involontaire, mais elle se précipita aussitôt vers la porte pour éviter la fuite déterminée de Suleyman. Celui-ci voulut passer par la force ; elle se mit à hurler. Le sultan furieux devint pantois. Tout sultan qu'il était, il détestait les cris des femmes. Il demeurait désarmé face à leurs accès de colère. Et il faut avouer que Roxelane avait la voix bougrement perçante. Suleyman n'eut d'autre choix que de suspendre sa marche. Roxelane, satisfaite, se tut. Elle saisit doucement la main de Suleyman et le pria de s'asseoir. Il obtempéra. Elle voulait comprendre quel volcan avait été bousculé par cette lettre. Pourquoi avait-il réagi de la sorte ? Naturellement, Suleyman voulut esquiver. Roxelane passa des arguments rationnels au velours, aux cris, à la menace d'incendier tout le palais si Suleyman ne lui avouait pas la vérité. Autant dire qu'elle fut très embarrassée lorsque le harem brûla de fait quelques années plus tard et qu'on l'accusa d'en être responsable. Mais ça, c'est une autre histoire. Elle soutint son regard embrasé en même temps qu'un discours incendiaire : elle lui rappela l'influence énorme qu'elle avait, elle, dans les relations diplomatiques de l'Empire avec toutes les puissances étrangères. Elle lui dit qu'elle pouvait dès aujourd'hui décider de l'abandonner à la solitude du pouvoir, après avoir envoyé quelques derniers courriers bien sentis à tous les souverains de la planète. Il lui répondit tout aussi froidement qu'il pouvait la faire tuer avant même qu'elle franchisse la porte de la bibliothèque. Elle lui rétorqua d'un ton narquois qu'en effet il avait droit de vie et de mort sur elle. Mais n'empêche, il demeurerait fichtrement embêté en matière de politique extérieure après une telle fantaisie. Il s'en mordrait les doigts. Franchement, valait-il la peine de l'expédier juste pour lui prouver qu'il était le plus fort, si c'était pour rencontrer tant de désagréments politiques insolubles par la suite ? Suleyman était excédé, surtout parce qu'il ne voulait pas admettre qu'elle avait raison. Elle était sa meilleure associée, ils formaient une équipe, et ce n'était qu'à deux qu'ils géraient l'Empire, l'administraient, le développaient, ce n'était qu'à deux qu'ils prenaient les bonnes décisions. Elle était forte et rusée, Roxelane. C'est donc sciemment qu'il humilia son orgueil. Il se saisit d'un coran et fit jurer la sultane de ne jamais raconter ce qu'il allait lui révéler. Roxelane s'empressa de s'exécuter. Un silence chargé de la masse des non-dits s'ensuivit. Suleyman prit une profonde inspiration, et c'est dans un murmure qu'il se livra à Roxelane.

> Tout Stamboul et son golfe, dans leur plein embrasement des soirs purs. Et les mêmes voix qu'à midi, les voix claires, célestes se reprenaient à chanter dans l'air, appelant les Osmanlis fidèles au quatrième office du jour : le soleil se couchait.
>
> Pierre LOTI, *Les Désenchantées*

Une semaine s'était écoulée. Hakan était venu chaque jour respirer l'air du temps à Süleymaniye. Il s'était même réessayé à la prière, habitude qu'il avait perdue. Il devenait presque assidu, espérant à chaque tentative qu'il finirait par comprendre ce que sous-entendait Ruhsar Çelik dans ses indications. Il était particulièrement attentif à la quatrième prière, évoquée par le vieux professeur. Mais rien ne se passait. Il se mit à soupçonner Ruhsar Çelik d'avoir uniquement conçu son énigme pour ramener à la religion tous les intellectuels impies qui s'amuseraient à vouloir la résoudre. Un soir cependant, alors que la lumière baissait, il se sentit quelque peu ébloui. C'était la première fois qu'il s'était installé au centre même de la nef. Il se décala sur le côté gauche. En effectuant ce mouvement, il sentit le sol grincer. Surpris – car il lui semblait que les tapis recouvraient un parterre de mosaïque et non de bois –, il jeta un rapide coup d'œil à la place qu'il venait de quitter. Le rayon de soleil qui frappait le cœur du vitrail principal orienté vers La Mecque tombait pile à cet endroit précis en ce jour estival. À la quatrième heure. Et cet espace sonnait creux. Hakan tenait quelque chose. Il laissa la marée des hommes pieux faire escale après la prière. Lui était demeuré, réfléchissant à la façon dont il pourrait vérifier son intuition. L'équipage remonta à bord à la cinquième heure. Hakan participa au rite et se surprit à prier avec un peu plus de ferveur que d'ordinaire. Enfin, on se retira de la cour d'Allah, comme le veut l'étiquette. Hakan se glissa derrière une colonne de la mosquée solitaire devenue ermitage en quelques minutes. Alors que le monde reprenait son va-et-vient incessant, Allah et son serviteur néophyte veillaient. Le silence qui régnait était celui d'une bibliothèque désaffectée. D'un entrepôt sans livres encore tout travaillé de leur présence. Les mots qui ont saturé un tel endroit pendant des années de lecture n'ont pas réellement disparu. Ils planent. Quelque chose de sacré persiste comme une odeur qui a imprégné les murs. La mosquée abandonnée pour la nuit semblait elle aussi résonner encore des mots lancés par les fidèles vers un Être qui prenait forme par leur parole. La chair des hommes devenait verbe et le Verbe se faisait Dieu. Hakan entendit un cliquetis. Le gardien venait effectuer sa dernière ronde avant la nuit. Hakan retint son souffle jusqu'à ce que l'homme disparaisse.

Il était à présent le seul maître à bord, gardien du phare. Il inspira profondément, craignant d'être déçu dans ses hypothèses. Il roula le tapis principal, lourd de poussière et des confessions murmurées contre lui. Il réussit à dégager le sol et aperçut en effet une mosaïque grossière au centre de l'ensemble finement travaillé. Un carré de paillettes de pierrailles colorées. Plaquées sur du plâtre. Et le plâtre s'était fissuré. En séparant les morceaux, Hakan vérifia avec soulagement ce qu'il avait prédit quelques heures plus tôt : des lattes de bois apparaissaient sous le médiocre travail de maçon. Il aurait aimé les faire sauter, mais n'avait rien sous la main. Il pensa un temps détourner un chandelier de sa vocation et l'étourdir en le frappant contre le bois, mais il sentit l'œil désapprobateur d'Allah se fixer sur lui. Il tenta une prière, on ne sait jamais, si les masses d'air peuvent provoquer des orages, elles pouvaient bien faire céder quelques lattes en piteux état. Notions physiques à revoir, car, de toute évidence, cela ne fonctionna pas. Hakan jeta un regard autour de lui. Rien ne lui permettrait d'avancer dans sa tâche ce soir-là. Et il commençait à avoir faim.

Hakan revint donc le lendemain soir et prit son mal en patience en attendant que la mosquée devienne silencieuse. Il s'approcha alors du centre de la nef, presque en hésitant, comme s'il craignait que la découverte de la veille ne fût qu'un mirage. Non, son secret avait bel et bien été préservé sous le tapis. Hakan put alors briser les lattes de bois grâce à un pied-de-biche qu'il avait dissimulé sous une *jubba* de prière empruntée à un ami muezzin avant de venir. Il saccageait à présent la maison du Seigneur. Encore un péché qui venait allonger la liste déjà bien fournie des derniers temps. Il soupira mais oublia vite la possible colère divine. Le bois avait cédé et offrait à présent un passage vers une espèce de petite cale. Hakan se glissa dans la trappe, en maudissant – alternativement – son ventre, qui multipliait les atermoiements avant de s'engouffrer dans le trou, et la superficie de la trappe, conçue de toute évidence pour un garçonnet qui aurait pu baiser une chèvre entre les deux cornes. Il tomba – au sens littéral du terme – sur une nécropole. Une charmante ecchymose aurait poussé sur son bras d'ici le lendemain. Il bougonna un peu, frotta sa *jubba* pleine de poussière. On n'y voyait rien ici. Il sortit une lampe torche à l'effigie de l'équipe nationale de foot, lot douteux d'une tombola, qui eut au moins le bon goût de fonctionner. Il l'alluma, jeta un regard à la pièce et constata qu'il n'y avait en réalité que trois sépultures. Dont une au centre, chétive et minuscule. Si petite que l'on aurait dit un écrin à bijoux. Si ce coffret était une tombe, il ne pouvait abriter qu'un nourrisson. Hakan demeura perplexe : le jeu en valait-il sérieusement la chandelle ou allait-il purement et simplement profaner une tombe pour les beaux yeux de J. L. Borges ? Allah allait commencer à sacrément l'avoir dans le collimateur. Hakan dut trancher. Il s'assit, appuya ses poings contre ses tempes, ferma les yeux. Expira fortement. Inspira à nouveau, toujours aussi peu assuré. Dessina du bout des doigts sur la poussière du sol. Effaça son esquisse de sable. Il ne pouvait savoir si ce qu'il recherchait se trouvait bel et bien dans la tombe, ou si le soleil avait fait jouer les coïncidences en éclairant, la veille, la trappe dissimulée. Aussi bien pouvait-il n'y avoir qu'un cimetière oublié sous la mosquée, hypothèse qui, d'ordinaire, se serait révélée des plus probables. Hakan se leva, lissa les plis de son vêtement, comme s'il eût voulu perdre du temps. C'est alors qu'il remarqua un détail qui lui avait échappé jusqu'alors. Une frise de mosaïque d'Iznik mêlant fleurs et feuilles courait tout le long de la tombe minuscule. Même si le style de la mosaïque n'était en rien original, le motif précis parut immédiatement familier à Hakan. Il n'aurait su dire pourquoi. Il se creusa les méninges. Sursauta soudain. Ce liseré était identique au décor du péristyle qui gardait le tombeau de Suleyman dans le jardin de la mosquée ! Hakan s'accroupit pour scruter le coffre avec plus d'attention. Sur le côté, on distinguait encore, bien qu'avec difficulté, un 944 maladroit gravé dans la pierre : l'année du calendrier islamique correspondant à la mort de Suleyman... Hakan craignait de laisser son esprit s'enflammer et de trouver des correspondances là où ne traînait que le hasard, mais tout de même... Ce tombeau aux dimensions suspectes semblait être un écho miniature de la sépulture du sultan. Des indices de taille le suggéraient, pour le moins. Hakan, qui avait passé le plus clair de son temps à relire l'histoire de Suleyman au cours des dernières semaines, repensa à la construction du mausolée. Celui-ci n'avait pu être achevé pour la mort de Suleyman. C'est donc son fils, Selim II, qui s'était chargé de le parfaire. Qui de mieux placé qu'un fils de confiance – Roxelane avait disparu quelques années plus tôt – pour protéger et enterrer un secret de la taille d'un Empire ? Héritier de l'Empire en question, il valait mieux pour Selim la jouer finaud et cacher au mieux tout document qui aurait pu le compromettre. Si Selim avait donné la touche finale au mausolée de son père, il avait également pu en profiter pour enterrer, non loin de lui, des documents de valeur. Hakan se demanda alors s'il ne frisait pas la sénilité précoce pour en arriver à de telles conjectures. Mais au fond, ça se tenait. Ça *pouvait* se tenir. Et si l'hypothèse venait à se confirmer – l'histoire de Ruhsar Çelik inquiété lui traversa l'esprit comme une balle de revolver –, il pourrait toujours attribuer sa découverte à J. L. Borges, étranger, qui n'aurait aucun compte politique à rendre au gouvernement turc. Au pire, J. L. Borges se verrait interdit de séjour en Turquie. Il pouvait bien faire cela par amour pour la science. Et, en plus, il n'aimait pas l'avion.

De pouvoir mettre le nez dans des secrets de cette envergure grâce à une couverture extérieure était véritablement une opportunité unique pour un historien turc. Hakan se résolut donc à comprendre l'histoire avec un pied-de-biche. Il invoqua le Ciel, promit d'entreprendre son pèlerinage à La Mecque dès qu'il en aurait fini avec ces fantaisies universitaires, et il se décida à ouvrir la sépulture de poupée. Elle ne résista pas longtemps : le marbre n'avait pas été scellé, tout juste posé sur le berceau de pierre. Il dégagea la lourde plaque et se pencha avec une retenue infinie vers la tombe comme s'il s'était incliné vers un couffin pour écouter la respiration de l'enfant endormi. Les langes étaient devenus lambeaux, mangés par le temps, et ne recouvraient en réalité qu'un caisson de bois. Hakan laissa échapper un profond soupir de soulagement. Moins pour la découverte qu'il semblait être sur le point de faire que pour son chapelet de fautes qui se voyait inespérément raccourci. Pas de profanation de sépulture, la journée aura été bonne tout compte fait. Il considéra l'état de la boîte vêtue de ses oripeaux misérables. Hakan n'eut pas à forcer bien longtemps l'ouverture. Le bois avait pourri. Le couvercle céda et donna sur un second, d'argent oxydé (si on se fie à la connaissance approximative qu'Hakan avait des métaux). Ruhsar Çelik n'avait de toute évidence pas été jusque-là. Il avait eu connaissance de l'endroit où se trouvait cet improbable trésor, mais il n'était jamais allé y jeter un coup d'œil ! Manque de temps ou angoisse de commettre une faute dans le Temple, on n'aurait pu dire. Hakan se dépêcha d'ouvrir ce dernier sanctuaire : il craignait que le fantasme ne disparaisse, que l'illusion ne soit mise à nu, que le décor ne tombe et ne lui révèle la supercherie. Non, la boîte n'avait pas menti. Il y avait bien un livre dans cette grande bibliothèque aux mots évanescents. Un manuscrit au teint fané, au corps fragilisé, aux mots affectés par la moisissure et le passage du temps. Hakan scruta la couverture et sursauta. Il reconnaissait le dessin qui ornait la couverture : c'était le *peri* de Shah Quli, celui-là même qui avait éveillé l'attention de J. L. Borges il y avait des semaines de cela. Hakan discernait bien Coatlicue sur la gauche, malgré tous les efforts manifestes de celle-ci pour se camoufler derrière les arabesques végétales. Il glissa l'objet sous sa *jubba,* contre son cœur qui battait si fort qu'il craignit de briser les mots qui subiraient le choc régulier. Il remit la boîte dans la tombe factice, se hissa hors de la trappe, recomposa rapidement le puzzle de tessons qui se voulaient mosaïque, déroula le tapis comme on fait tomber le rideau pudique sur la fin du spectacle. Il attendit la première heure du jour où il put se glisser hors du Temple et retourner dans le temps des hommes.

Ici, [dans les campagnes d'Amérique latine] renaît la vie arabe, tartare.

Domingo Faustino Sarmiento, *Facundo*

J. L. Borges pestait contre tous les dieux du Mexique, avachi dans le tacot qui devait le conduire de l'aéroport à l'autre bout de la ville de Mexico. Hakan venait de l'appeler quelques heures plus tôt d'Istanbul pour lui annoncer sa formidable, sa terrible, sa monumentale découverte. J. L. Borges en écumait d'impatience, sentant qu'il allait accoucher de l'apothéose de sa carrière (carrière qu'il croyait enterrée deux mois plus tôt). Il allait avoir sa place au Parnasse, parmi les dieux et les sages, deviendrait la référence mondiale, la pointure en son domaine, l'Historien du XXIe siècle, aucun autre génie ne lui arriverait à la cheville ne serait-ce que pour la lui baiser pendant les cent prochaines années, Stockholm créerait le prix Nobel d'Histoire pour lui, les gouvernements des nations l'inviteraient, on lui demanderait son avis sur la guerre civile en Syrie, l'amnistie au Sa'dah et le narcotrafic au Mexique, et tous les romantiques à venir voudraient être J. L. Borges sinon rien. Mais en attendant, il croupissait au fond d'un taxi qui bringuebalait sur les cratères qui servaient de chaussée à ce pays barbare et qui était indigne de recevoir un tel individu, d'ailleurs le chauffeur ignorait la faveur dont il bénéficiait, d'ici quelques semaines il verrait J. L. Borges partout dans les journaux, à la télévision, et il pointerait l'écran du doigt en s'exclamant gonflé d'orgueil *Je l'ai vu ! Je l'ai vu ! Il est monté dans mon taxi !* Hélas, pour l'instant, J. L. Borges rongeait son frein, il aurait d'ailleurs aimé ronger le frein de tous ces automobilistes qui encombraient les cratères, libérer les moteurs et les envoyer sur toutes les voies rapides du pays, parce que tout de même ils ne se rendaient pas compte qu'ils obstruaient là le passage qui devait permettre l'émergence d'une grande nouvelle et d'un grand homme. Ce que J. L. Borges aplatissait tout au fond de son cerveau, bien derrière toutes les pensées qui pouvaient s'y entrechoquer dans une fumée toxique, c'était l'idée que jamais il ne supporterait de ne rien trouver de ce côté-ci de l'Atlantique alors qu'Hakan avait mis la main sur une pièce de grande valeur, de ne rien trouver alors qu'il avait été l'instigateur de toute cette recherche qui devait changer la face de la terre, et de devoir se contenter de ramasser des queues de prunes lorsque Hakan serait couvert de gloire et de lauriers et de roses et de miel. Parce que, somme toute, si l'on considérait l'ensemble des événements en suivant un strict protocole opératoire, comme devait moralement le faire le grand historien qu'il était, IL était le génie génial, Hakan n'avait été qu'un commis dépêché sur le terrain sous les ordres du Maître qui n'avait que vingt-quatre heures par jour, solde trop maigre pour qui veut faire éclater la Vérité de la Science Historique. J. L. Borges suait, à peine avait-il effleuré son front que son mouchoir fut trempé, il avait dû attraper la turista avec les plateaux-repas de l'avion, il en était intimement convaincu, et Hakan qui occupait ses pensées commençait à prendre des formes bizarres, des ailes, et il s'envolait dans des bulles noires et orageuses, et J. L. Borges avait de la fièvre.

Après une nuit agitée, J. L. Borges retrouva ses esprits. Il lui fallait trouver Salomon ou Suleyman dans cette ville. Ou quelque chose permettant d'établir un lien logique et cohérent avec les événements ottomans relatés par Hakan. Si l'histoire terrible découverte grâce aux expériences spéléologico-funéraires de Hakan venait renverser l'Histoire turque officielle en faisant intervenir un Aztèque qui tombait là comme un cheveu sur la soupe, le jeu de dominos devait se prolonger jusqu'aux terres mexicaines. Dans l'ombre du *Templo Mayor* de Tenochtitlan (il était cinq heures du soir, l'ombre n'avait rien de métaphorique, contrairement à ce qu'il prétendit plus tard), J. L. Borges s'illumina. Le seul sanctuaire digne de Süleymaniye à Mexico était précisément celui-ci. Le seul qui puisse rivaliser un tant soit peu avec la mosquée d'Hakan. Il contacta le chef archéologue de Mexico et le somma de dépêcher une équipe sur le terrain, pour qu'elle travaille jour et nuit à la recherche d'un manuscrit oublié dans les profondeurs des ruines du temple aztèque. D'un manuscrit, d'une image, d'une céramique, peu importe. D'indices. J. L. Borges avait coutume d'adopter les mœurs des pays qu'il visitait. Un peuple qui avait réussi à construire ces cathédrales païennes en deux temps trois mouvements sous les coups du fouet devait bien pouvoir lui dégoter un foutu manuscrit en quarante-huit heures. Le responsable de la section d'archéologie du département de l'université de Mexico ne put dissimuler sa perplexité et tenta d'expliquer à J. L. Borges, avec une patience infinie, que tout l'océan de ruines qui s'étendait face à eux avait déjà été fouillé et refouillé depuis des lustres et qu'aujourd'hui le défi résidait davantage dans l'extraction des déchets généreusement laissés par les touristes qui voulaient tous apporter leur contribution à l'Histoire que dans la découverte d'antiquités. Qu'on présentât la préservation d'un dépotoir à J. L. Borges comme but ultime d'un département universitaire dépassait son entendement. Le responsable, qui ne savait comment se débarrasser de cet encombrant supplémentaire, le recommanda auprès du conservateur du Musée national d'anthropologie. Conservateur qu'il appela le soir même en ligne privée pour le prévenir du type de pachyderme qu'il allait rencontrer le lendemain.

Le conservateur avait compris que l'Argentin se tiendrait tranquille s'il avait quelques vieux papiers inédits à ingérer et digérer. Il fallait bien reconnaître que tous les grimoires qui auraient pu – d'une façon ou d'une autre – présenter un quelconque intérêt avaient déjà été consultés, répertoriés et recensés. Et critiqués. Et reconvoqués pour établir la critique de la critique. Et la suivante. Il ne restait guère que deux livres massifs de comptes datant de la période où Cortés administrait le territoire. Ce furent donc ces incunables mortifères que le conservateur proposa à J. L. Borges, lui vendant leur étude comme un privilège des plus convoités. J. L. Borges chaussa aussitôt ses fonds de bouteille et commença la lecture de ces tas de chiffres. Un dépotoir mathématique, si on voulait être honnête. Sans même évoquer la corruption patente de la moitié des membres du gouvernement, les calculs erronés témoignaient d'un échec scolaire espagnol consternant. Mais de tels registres informant du quotidien de la Nouvelle Espagne devaient sans doute avoir conservé une trace, des indices, indiquant la fugue du dernier empereur Cuauhtémoc vers les territoires orientaux. J. L. Borges s'acharna donc un temps, mais se lassa rapidement. Trop de chiffres : J. L. Borges était en manque de concepts. Adoptant une attitude stoïcienne des plus orthodoxes, il se remonta le bourrichon avec ce qu'il avait sous la main. Il avait en effet constaté que des lettres tenaient lieu de nombres pour marquer la succession des pages. Il s'amuserait à les répertorier, n'ayant rien de mieux à faire. Il eut soudain une pensée fugace pour tous ses anciens étudiants, ces bouseux qui excellaient dans l'art du sudoku au lieu d'écouter ses cours. Il se mit ainsi à relever consciencieusement toutes les lettres de bas de page. On aurait dit un élève du cours élémentaire copiant tant bien que mal les lettres de l'alphabet sans comprendre encore leur sens. J. L. Borges – révélant un optimisme insoupçonné – se dit qu'au fond il serait toujours envisageable de pondre un article sur le système classificatoire adopté en Nouvelle Espagne au début de la colonisation.

Petit à petit cependant, il se rendit compte que ces lettres éparses composaient un Scrabble gagnant. *Arrivée de Manicatex à Tenochtitlan. Menace annoncée à Moctezuma et ses frères. Seul Cuitláhuac l'écoute et pense à la pérennité de l'Empire...* Les lettres alignées les unes à côté des autres formaient des mots, et les mots s'imbriquaient en phrases ! Le cœur battant, il accéléra son relevé. L'égrenage des signes dura une éternité selon le récit qu'en donnera J. L. Borges à une célèbre revue d'histoire américaine quelques mois plus tard. Cette version des faits en contredit cependant d'autres où il soutient avoir retenu son souffle, en apnée, tout le temps de l'opération, suspendu au fil fragile et inéluctable du drôle d'alphabet qui prenait forme sous ses yeux. On ne connaîtra jamais le fin mot de l'histoire, mais toutes les sources s'accordent pour dire que J. L. Borges ne cessait de s'émerveiller de ce livre de comptes apocalyptique, lui qui n'avait jamais eu foi dans les mathématiques. Il se permit des parenthèses d'analyse économique à ce propos, affirmant qu'il était compréhensible qu'un État qui prend ses dossiers de finances pour des cahiers de jeux et rébus n'ait toujours pas dépassé le PIB des États-Unis. Cette partie de son discours ne fut pas retenue dans les ouvrages scolaires. Après quelques minutes ou quelques heures, donc, en toute relativité, il eut la révélation. Citant ses propres termes, une fois la dernière lettre répertoriée, J. L. Borges « ne put faire un mouvement. Non que la stupeur l'eût paralysé, mais parce qu'à cet instant précis lui furent révélées les clés définitives de Cuauhtémoc, et il vit les lettres des parchemins parfaitement ordonnées dans le temps et l'espace des hommes[1] ». J. L. Borges fut poursuivi pour plagiat deux mois après ces entrevues, mais cette sombre affaire judiciaire n'entame en rien la portée de sa découverte.

1. Cit. Gabriel García Márquez, *Cent Ans de solitude*.

> Mais il ne savait s'il était Zhuangzi qui avait rêvé qu'il était un papillon, ou un papillon qui rêvait qu'il était Zhuangzi.
>
> TCHOUANG-ZEU, *Le Rêve du papillon*

Immobile Roxelane au milieu de la bibliothèque. Réceptrice attentive de tous les mots de Suleyman qui n'en finissent pas de le dépouiller, de le dénuder, peu à peu. La voix de Suleyman raconte un Suleyman que Roxelane ne connaît pas. L'écho semble plus réel que le sultan. Roxelane ne bouge pas, aimerait se faire transparente pour ne surtout pas troubler le récit du sultan. Mal à l'aise, au centre de la pièce, debout depuis les promesses prononcées sur le Coran. Elle aurait mieux fait de s'échapper sur le côté après cela. Mais Suleyman, dans l'ombre, aime à la contempler, en retraçant son périple. Il s'attarde sur ses yeux de *Kaaba*, sur sa chevelure tressée qu'il devine sous la coiffe. Il s'attarde sur sa silhouette volontaire. Il s'attarde sur la main qu'elle appuie sur le rebord d'un tableau laissé là par le portraitiste de la cour. Il ne voit que le chevalet qui lui tourne le dos. Et Roxelane. Roxelane l'aide malgré elle, malgré lui, à donner forme et consistance à son histoire. Elle qui n'ose faire un mouvement de peur de briser le discours en est son axe. Elle l'écoute, fascinée de découvrir l'autre face de Suleyman, celle qui lui était demeurée invisible jusqu'alors. Elle est troublée – ou enchantée, peut-être, elle ne sait pas trop – par ce double que lui offre Suleyman qu'elle croyait si bien connaître. C'est un autre Suleyman qu'elle dévisage peu à peu. Derrière elle, *un miroir désolé* reflète le visage du sultan conteur, comme un témoin oublié de la scène.

> Il est bien aisé à vérifier que les grands auteurs, écrivant des causes, ne se servent pas seulement de celles qu'ils estiment être vraies, mais de celles encore qu'ils ne croient pas, pourvu qu'elles aient quelque invention et beauté.
>
> Michel de MONTAIGNE, *Les Essais, III*

J. L. Borges allait publier un ouvrage sur ce qui bouleverserait toutes les certitudes de l'Histoire mondiale, apportant des précisions contextuelles au télégraphe décrypté dans le livre de comptes mexicain. Il fallait remonter à l'arrivée du Colon infect, un certain Cristobal, qui, à l'époque, était encore jeunot dans l'apprentissage maritime. Il débarqua hagard près des côtes de la vieille Amérique en 1492. Il trucida un bon paquet d'Indiens, mais certains se révélèrent plus coriaces. L'Histoire se souvient notamment du fameux cacique Caonabo, pas plus commode qu'accommodant. Il tint tête à Colomb et lutta pour préserver l'île d'Hispaniola de ces ploucs en culottes courtes affublés de chapeaux à plume. Mais les fusils tuent, et le ridicule n'y peut rien. Colomb soumit la région, y laissa des hommes et repartit pour l'Espagne annoncer à Isabelle *qu'il n'avait jamais vu de sa vie plus de richesses richissimes et de pierres précieusissimes et d'épices délicieusissimes et de montagnes immensissimes et d'arbres verdissimes et de sirènes étrangissimes que sur ces terres étrangères et lointainissimes,* et lui préciser qu'*elle ne devait être surprise par tant de profusion, parce qu'il lui demandait de bien vouloir croire qu'il certifiait qu'il ne racontait là qu'un centième de toutes les innombrables et incroyables merveilles qu'il avait vues*. Pendant ce temps, Caonabo fit fructifier les merveilleux sales coups qu'il avait machinés. Le travail fut efficace et sans rature. L'île fut propre en quelques semaines. Quelle ne fut pas la douleur de Colomb lorsqu'il revint un an plus tard et ne trouva pas un homme de ses troupes pour l'accueillir avec un verre de rhum ! Il n'avait plus qu'à recommencer à désherber le jardin laissé à l'abandon. Habile du canon, il décimait avec art ce qui restait de la population. La résistance chauffait, toujours et encore. Caonabo s'acharnait. Mais Colomb eut raison de lui et le fit capituler lors de la bataille de la Vega real en 1495. Il ne le fit pas périr, il préféra dans sa grande magnanimité embarquer le trophée en Castille pour aller l'exposer à la vue des courtisans amateurs de bêtes sauvages. La légende, car c'est là légende et non vérité historique, veut que Manicatex, frère du cacique, mourût au cours du massacre, en tentant de sauver la vie de Caonabo. Personne ne soupçonna sa fuite clandestine. Manicatex rivalisait amplement avec Caonabo en bonne tête brûlée. Jamais il n'aurait abandonné Hispaniola si sa mort avait pu y être utile. Mais là, tout était dévasté. Ruines et cendres. Colomb avait vaincu et les forces opposantes se résumaient à une poignée d'hommes. Dérisoire face à l'armée de conquistadores. Il ne restait plus à Manicatex qu'une alternative au suicide. Partir prévenir les quelques chefs des Indes qui collaboraient autrefois avec Caonabo. Un front de résistance pourrait peut-être s'organiser et tenir tête à l'envahisseur, l'expulsant loin du continent. La vengeance des Caraïbes serait ainsi simplement différée. Elle se ferait par procuration d'abord, si d'autres peuples parvenaient à humilier Colomb, elle deviendrait effective ensuite si tous ces Blancs étaient foutus à la porte avec un aller simple pour l'Espagne. Manicatex parcourut plusieurs régions, alerta quelques caciques. Son objectif était d'atteindre Tenochtitlan, d'où l'empereur aztèque veillait sur ses ouailles. Caonabo s'était toujours méfié de Moctezuma, avec lequel il maintenait des rapports commerciaux et des relations diplomatiques des plus étudiées. Leurs intérêts communs étaient limités, mais ils n'avaient pas de source effective de dissension, ce qui constituait déjà, en soi, un intérêt commun. Mieux valait préserver les alliances où on les trouvait, dans cette région altérée par des trahisons et des massacres à tout-va entre ethnies. L'empire aztèque lui-même était une bombe à retardement. Son explosion n'était qu'une question de temps. Il aurait pu être jouissif de voir quelques glaives faire claquer d'un coup tout l'orgueil de Moctezuma, mais laisser Colomb et ses acolytes poursuivre leur marche barbare au nom de la civilisation était bien plus dangereux qu'une guerre civile. C'est pourquoi Manicatex entreprit le voyage. Ses déboires commencèrent. Ils ne se limitèrent pas aux infectes bouillies de maïs qu'il dut avaler sans alternative que de crever. Il fallait reconnaître que sa fragile santé intestinale ne lui facilita pas la tâche. Mais enfin, la route fut longue. Après plusieurs détours qui se voulaient des raccourcis, des rencontres malencontreuses, et des erreurs d'interprétation, il arriva à Tenochtitlan. Avec un peu de retard. Une petite dizaine d'années après son départ d'Hispaniola, en somme. Les mauvaises langues le soupçonnent d'avoir traîné en chemin auprès d'une Amazone de Calafia. D'autres jurent que des chroniques du XVe siècle mystérieusement disparues évoquent son séjour prolongé sur les terres d'un certain Don Diego de la Vega. La crédibilité de ces écrits semble toutefois difficile à attester. Tout un champ d'investigation reste encore à explorer sur l'épopée de Manicatex, et fera très certainement l'objet de nombreuses thèses parmi les fils spirituels de J. L. Borges. Manicatex posa le pied, qu'il avait d'ailleurs fort ampoulé, à Tenochtitlan en 1505. Son premier soulagement fut de constater que la cité était toujours en place, et que les Espagnols n'étaient pas arrivés avant lui. Le second fut d'obtenir rapidement une audience secrète auprès de Moctezuma et de son jeune frère, Cuitláhuac. Manicatex fut introduit auprès des deux princes. Il parla d'un ton qui se serait certainement révélé plus convaincant dix ans plus tôt. L'histoire sentait un peu le réchauffé et Manicatex se demandait même, au fond, quelle était la pertinence de son discours. Toutefois, c'était là l'unique raison qui l'avait fait se mouvoir la décennie passée, et il ne pouvait lâcher l'entreprise à cet instant. Plus rien n'aurait eu de sens. Moctezuma l'écouta d'une oreille distraite, ne prêtant pas une attention démesurée à ces fariboles sorties tout droit d'un autre siècle. Cuitláhuac, quant à lui, ne demeura pas indifférent au récit de Manicatex. Il avait toujours été dans la retenue, l'analyse. Il n'avait rien de son frère, homme pragmatique qui calcule la droite la plus courte permettant d'accéder au pouvoir. Cuitláhuac était une eau trouble, mouvementée, dont les couleurs évoluaient selon l'angle choisi par le soleil pour venir frapper sa surface. Manicatex énuméra toutes les raisons qui le poussaient à croire que Colomb prévoyait de poursuivre sa route vers le sud. Immanquablement, il finirait par frapper aux portes de Tenochtitlan. Moctezuma était invincible, Manicatex aurait dû le savoir. Il perçut tout le dédain que l'empereur avait à son égard. En revanche, l'éventualité d'un péril suspendu au-dessus de leurs têtes, comme un aigle qui plane avant de plonger sur sa proie, parut plausible à Cuitláhuac. Le calendrier laissait présager la fin prochaine d'un cycle. De plus, quel aurait été l'intérêt de cet étranger de les prévenir contre une menace potentielle ? Il ne leur suggérait, en somme, rien d'autre que d'adopter un comportement attentif et défensif. Cela ne pourrait les desservir, face à ce dénommé Colomb ou à n'importe quelle provocation externe. Les détails fournis par Manicatex sur la destruction complète de l'île et l'extermination de ses habitants, réputés pour leur férocité, méritaient tout de même d'y prêter attention.

Moctezuma remercia l'improbable pèlerin et décréta le dossier clos devant un Cuitláhuac plus incrédule que jamais. Moctezuma faisait preuve d'une immaturité insoupçonnée. Il avait pris la mise en garde de Manicatex comme une remise en question de sa capacité à gouverner au mieux son Empire. Un conseil avisé prenait pour lui les allures d'une attaque personnelle. Le sujet était clos ? Soit. Mais pas pour Cuitláhuac. Il était probablement prématuré de sonner le tocsin et d'alarmer toute la population qui, ne voyant pas débarquer les troupes ennemies le surlendemain, baisserait la garde et ne prendrait plus la prochaine alerte au sérieux. Il fallait cependant faire quelque chose. On a beau dire, un coup de dés peut parfois piper le hasard. La vision de leur noble famille égorgée se présenta à son esprit et lui fut insoutenable. Non, il ne laisserait pas toute leur dynastie s'éteindre pour répondre au caprice de son frère aîné, tout empereur qu'il fût. Il fallait trouver une solution. Lui-même ne pourrait pas donner le change et fuir pour sauver une branche de la famille, l'établir ailleurs. Avertir ses parents les plus proches était tout aussi impensable. Au pire, il serait accusé de félonie et de vouloir déstabiliser l'ordre imposé par son frère. Il doutait de la loyauté de certains de ses cousins à son égard et en imaginait déjà plus d'un considérer son avertissement comme une aubaine : prévenir Moctezuma des dissidences de son frère leur permettrait certainement de gagner des charges et des privilèges. Au mieux, si une embrouille de cet acabit n'éclatait pas, si d'aventure on prenait Cuitláhuac au sérieux, on verrait des hordes d'Indiens prendre la route vers on ne sait trop où, et il va sans dire que Moctezuma n'apprécierait guère que l'on prenne congé de sa personne de façon aussi cavalière. Il fermerait les portes et les ponts, couperait les routes et les têtes ; bref, ça ne sentait pas bon. Il fallait trouver autre chose.

Cuitláhuac décida d'aller trouver son cousin Cuauhtémoc, qui lui était très attaché. Cuitláhuac avait pris le jeune fauve sous son aile dès les premières années de son apprentissage. Cuauhtémoc se montrait vif et sanguin, rusé et intelligent. En se penchant sur les huit frêles années de l'enfant, on les sentait prêtes à s'élever, à grandir et à dominer. Encore trop jeune, insignifiant peut-être aux yeux du monde, on avait pourtant là un futur chef. C'était donc la personne idéale à enlever pour la déposer sur des rives plus sereines, la personne indiquée pour reconstruire un Empire un peu plus loin. Le soir tombait et un albatros solitaire emportait entre ses ailes les restes de la journée consommée. Le ciel se décomposait en lambeaux d'un pourpre délavé.

Encore quelques minutes, le temps d'un ultime changement de décor, et la visite de Cuitláhuac à son protégé pourrait s'opérer sans trop de difficultés. Personne ne soupçonnerait son absence des appartements centraux.

Cuauhtémoc aurait détruit tout le mobilier de la pièce si Cuitláhuac ne l'avait contenu. Ivre de rage, il avait jeté tous ses jouets au sol, comme pour mieux prouver qu'il n'était plus un enfant. Jamais il ne partirait pour fuir le danger, jamais il n'abandonnerait les siens et l'Empire, jamais il ne serait incapable et couard. Pourquoi lui ? Pourquoi pas Cuitláhuac ? S'il fallait désigner un bouc émissaire infâme à conserver bien au chaud pour qu'il revienne jouer les *deus ex machina* après la mort de l'Empire, ce ne serait pas lui. Cuitláhuac se préoccupait des affabulations de Manicatex, pas lui ! Que Cuitláhuac parte, aille préserver l'Empire de loin, sans blessure. Cuauhtémoc resterait. Son aîné, désemparé face à tant de révolte, chercha à le faire taire au plus vite, pour ne pas ameuter tout le voisinage. Sa seule arme fut la promesse. Promesse malheureuse. C'était entendu, Cuitláhuac demeurerait. L'enfant, brisé par tant de cris et de larmes, s'assoupit rapidement, fiévreux. Cuitláhuac veilla. Il disparut une courte heure et reprit sa place auprès du petit prince, à présent apaisé dans ses songes. Il ne se réveilla qu'une fois, pour demander à boire. Cuitláhuac lui tendit le verre qu'il était allé chercher plus tôt. Cuauhtémoc se rendormit, d'un sommeil de plomb, drogué par les soins de son protecteur. Cette nuit-là, Cuitláhuac fit embarquer le corps inerte sur le lac Texcoco. Il chargea trois de ses plus fidèles serviteurs et un astrologue de veiller sur la marchandise, et de la conduire très loin. Une fois la Sierra traversée et le littoral atteint, qu'ils prennent la mer. L'astrologue aurait le temps d'ici là d'établir une carte et de calculer la trajectoire qui semblait la plus sûre : celle qui irait à contre-courant des caravelles de ce fameux Colomb. Si vraiment celles-ci arrivaient d'une terre située au-delà des mers, les Aztèques n'auraient aucun mal à la retrouver. Cuauhtémoc serait libre, et sauf. Un séisme pouvait engloutir Tenochtitlan, la race ne disparaîtrait pas, et, en temps voulu, Cuauhtémoc rentrerait, et confondrait violemment tous les prétendants.

Dès le lendemain, Cuitláhuac se mit en quête de Manicatex qui avait trouvé un toit près du marché. Manicatex le reçut amer de l'expérience de la veille. Cuitláhuac s'excusa de la désobligeance de son frère, et réaffirma qu'il se dissociait entièrement de son amateurisme. Il mesurait le risque énorme que l'Empire encourait. Il marqua un temps d'arrêt dans son discours, hésita un instant. Il finit par se lancer. Il demanda à Manicatex s'il voulait bien devenir son allié, son bras droit. Manicatex ne s'attendait pas à cette proposition. Méfiant, il chercha à connaître les intentions de son interlocuteur. Cuitláhuac avait d'abord besoin de sa parole. Il ne dirait rien sans cela. Manicatex, de plus en plus intrigué, songea qu'il n'avait de toute façon plus rien à perdre. Sa vie, sa terre étaient ruinées. Il n'était plus rien et il ne savait où il irait vaguer. Qu'importe ce que lui proposerait Cuitláhuac. Il semblait plus fiable et plus solide que Moctezuma qui l'avait reçu comme un chien. Si Cuitláhuac avait besoin de mains pour rompre les os de l'empereur et satisfaire son ambition, il le ferait. Le sens et le bon sens avaient quitté cette partie du globe en oubliant d'emporter avec eux un Manicatex désarmé. Errant seul sur ces terres sans racines, il prêterait main-forte au premier homme qui lui tendrait la sienne. Cet homme n'était rien de moins que le frère de l'empereur, un héritier potentiel du trône. Il accepta.

Cuitláhuac annonça aux siens que Cuauhtémoc s'était trouvé mal la nuit précédente. Il prétendit que, dès l'aube, on l'avait envoyé consulter des chamans dans la Sierra environnante, accompagné de quelques serviteurs. Manicatex se chargea d'acheter, chez un marchand de passage, un jeune esclave dont les traits évoquaient lointainement ceux de l'enfant disparu. Au retour de Cuauhtémoc trois mois plus tard, on le trouva bizarrement changé, autre. La cure chamanique devait l'avoir transformé en profondeur.

L'histoire se répète toujours, on le sait bien. L'unique difficulté réside dans l'interprétation correcte de cet éternel retour. C'est ainsi que, lorsque la rumeur annonça des hordes inconnues à la porte de Tenochtitlan, Moctezuma crut au retour du dieu Quetzalcoatl annoncé par le calendrier aztèque. Manicatex, qui avait endossé les habits de Cuauhtémoc et combattrait en son nom jusqu'à la mort, lui, sut que se répétait le cycle des invasions barbares. Colomb était de retour. Moctezuma s'obstina, dans un cercle erroné, sourd aux voix contraires. Manicatex ne commit qu'une erreur, des plus infimes. Ce n'était pas Colomb qui revenait. Ce dernier s'était rapidement détourné de l'entreprise des Indes pour se lancer dans des débats hasardeux, s'opposant à Toscanelli sur la question cruciale de la pertinence de l'usage des miroirs à l'heure de faire apparaître des dragons[1] avant de mourir tranquillement à Valladolid, à moitié sénile, naviguant entre les sirènes et les dragons qui avaient peuplé

1. Voir Paolo Toscanelli, *Traité sur les miroirs pour faire apparaître les dragons*.

son existence. Mais si ce n'était pas Colomb, c'était son épigone, son identique, peut-être à peine plus dégénéré : Hernán Cortés. Les chiens ne font pas des chats. La route déjà tracée, il n'avait eu qu'à étudier le cycle des marées pour venir s'échouer, une fois encore, sur les côtes salées de l'Ouest. Et pour recommencer à détruire sans relâche, transformant le sang en cendres.

> Ces parallélismes (et d'autres) entre l'histoire de César et celle d'un conspirateur irlandais induisent Ryan à supposer une forme secrète du temps, un dessin dont les lignes se répètent. Que l'histoire eût copié l'histoire, c'est déjà suffisamment prodigieux ; que l'histoire copie la littérature, c'est inconcevable…
>
> Jorge Luis BORGES, *Fictions*

Hakan rentra chez lui en un temps record. Alors que la course à pied était la chose qu'il détestait le plus au monde (à l'exception des commentaires mesquins sur sa brioche qu'il n'arrivait pas à dissimuler), il explosa le chrono de tous les marathoniens d'Istanbul. Il arriva à Taksim, s'enferma chez lui en haletant et sur le point de s'évanouir. Il voulut récupérer un peu et laisser à son cœur le temps de retrouver un rythme décent, mais, dès qu'il songeait au manuscrit qu'il avait dans la poche, la tachycardie reprenait. Ce fut donc au péril de sa vie qu'il se lança dans la lecture. Le texte, rédigé en turc ancien, était d'une médiocre qualité littéraire. Chose compréhensible si l'indication apportée en première page était exacte : cette chronique avait été consignée par l'humble serviteur Shah Quli, à la demande du vénérable Sultan Suleyman le Magnifique. Shah Quli, bien connu pour ses dessins, n'a en revanche jamais été cité pour ses talents poétiques. Le *peri* inaugurant le récit avait sans nul doute été placé là à dessein : une sorte de repentir pictural, de cadeau offert par Shah Quli pour se faire pardonner un si piètre travail d'écriture. Le peintre semblait avoir été bien conscient que l'on aurait pu trouver meilleur scribouilleur pour se charger d'un ouvrage qui travestissait ainsi les fondements nationaux.

Le récit de Shah Quli remontait à l'année 931 du calendrier hégirien, année 1511 du calendrier grégorien. Selim, alors gouverneur de Trébizonde, s'ennuyait fermement. Il commençait peu à peu à soupçonner le sultan son père de vouloir le cantonner dans des charges sans envergure et de l'écarter ainsi des enjeux du pouvoir. Selim ne laisserait aucunement son père favoriser un autre de ses fils en matière de succession. Il les dégagea donc (et toute leur progéniture avec, on n'est jamais trop prudent) en les alignant en rang d'oignons sur le fil du poignard. Il hésitait à tuer son propre fils, Suleyman. La paranoïa le guettait peut-être, mais il n'était pas exclu que Suleyman, qui entretenait des rapports étroits avec son grand-père, eût pris son parti contre lui. Rien n'indiquait à Selim que Suleyman ne chercherait pas à venger le patriarche et toute la fratrie. Cette mort fantasmée lui posait tout de même un cas de conscience : il n'avait qu'un fils. Et trois filles inutiles. Supprimant Suleyman, il supprimait son héritier. Il affaiblissait l'Empire, encouragerait de nouvelles guerres en ouvrant la porte aux spéculations les plus folles sur l'avenir des Ottomans. Chacun y irait de son complot, au petit bonheur la chance, à voir s'il ne pourrait déloger le sultan sans descendance. Cette possibilité lui semblait dangereuse. Il allait d'abord en finir avec tous ses frères. Pour Suleyman, il aviserait par la suite. La série d'assassinats n'occupa qu'une nuit. La nuit des longs couteaux, selon la tradition turque. Au cours de cette nuit, quel que soit son nom, Selim faillit malgré lui compléter la brochette. Un de ses frères, qui avait dû être prévenu de la vague de massacres silencieuse qui s'était abattue sur la famille, tendit un guet-apens à Selim. Celui-ci ne s'en serait pas sorti si un jeune soldat ne s'était interposé entre les deux frères, déviant le coup fatal qui allait être porté au fils dissident. Le garçon fut sauvagement blessé au bras, mais il réussit à s'enfuir hors de la demeure.

Les troubles s'étaient apaisés, la ville retrouvait son calme et Selim prenait goût au pouvoir. Une seule question continuait à le tarauder : comment s'appelait le jeune homme à qui il devait la vie ? Il se renseigna auprès du corps armé, qui ne l'avait plus vu réapparaître après les événements. Il visita alors toutes les mosquées et les hospices de la ville. Enfin, il put retrouver son sauveur. Il était dans un sale état, alité, ayant perdu beaucoup de sang. Selim demanda à ses serviteurs de le transporter au sérail, de l'installer dans la meilleure des chambres et de le soigner comme si c'était son fils. Il passait le voir quotidiennement, s'assurant qu'on le traitait bien, qu'il ne manquait de rien. Ils discutaient parfois un moment. Un jour, Selim lui demanda son nom. Le janissaire refusa de répondre. Mais on ne refuse rien au sultan. Il répondit alors qu'il s'appelait Ali. Ali reprit peu à peu des forces. La première fois que le médecin lui donna l'autorisation de se lever, Selim était là. Il voulait l'accompagner dans ses premiers pas. Encore un peu chancelant, le garçon réussit cependant à cheminer un peu. Selim le soutint et donna l'ordre de les laisser seuls. Lorsque, épuisé par ces quelques pas, le soldat demanda à s'asseoir, Selim s'assit avec lui. Il ne savait comment s'y prendre pour avouer à son protégé ce qu'il avait sur le cœur. Ce dernier voyait bien que le sultan était préoccupé. C'est lui qui, avec un tact infini, demanda à Selim si l'Empire ne tourmentait pas son esprit. Selim sourit et posa un regard doux sur l'adolescent. Tu as bien vu que j'étais soucieux, lui répondit-il, mais tu n'en devines pas la cause. Depuis la nuit où tu m'as sauvé la vie avec beaucoup de bravoure, je ne cesse de me demander pourquoi tu as fait cela. Pourquoi tu as failli mourir pour moi. Tu es si jeune… Malgré toute la déférence que tu as pour ton sultan, l'instinct de ta jeunesse aurait dû te retenir, t'éloigner du poignard… Le soldat demeura silencieux. Selim attendait une réponse. On ne fait pas attendre le sultan, le garçon le savait. Il se résigna donc à ouvrir la bouche. Laconique, il répondit n'avoir plus ni mère, ni père, ni frères. Il avait été arraché à eux, et nulle autre blessure n'atteindrait jamais ce degré de souffrance. Il vit Selim se troubler, la culpabilité voiler son regard. Le garçon comprit aussitôt que celui-ci faisait fausse route : le sultan croyait sans doute qu'il avait été enlevé à ses parents par les troupes de l'Empire au cours d'une razzia. Il commençait à nourrir une grande affection pour ce souverain aux allures paternelles, il se précipita donc et précisa sa pensée : non, non, Selim ou son père n'avaient en rien été à l'origine de son infortune. Il était arrivé de loin, déjà orphelin, lorsqu'il avait demandé à être enrôlé dans la milice, de son propre chef. Le sultan haussa les sourcils et désira des précisions. De loin... D'où venait-il, de loin ? L'adolescent s'assombrit. De loin... D'au-delà des mers... De la mer de Marmara ? De la Méditerranée ? Le garçon secouait obstinément la tête. Le sultan s'impatientait. Et on ne fait pas attendre le sultan. Je suis arrivé à Séville, comme tout l'or des Indes, ajouta-t-il, ironique. Selim ne comprit pas. Chaque information délivrée semblait coûter à son interlocuteur, mais il continuait, malgré tout, à le dépouiller. J'ai... traversé l'océan. Le grand océan. Celui par lequel sont arrivés – m'a-t-on dit – des hommes d'une autre terre située à l'orient. J'ai fait le chemin inverse. Le sultan sursauta. Il avait entendu parler de cette histoire rocambolesque qui voulait que des hommes aient découvert un continent neuf et cornucopiesque, le Paradis d'Allah s'il n'avait été peuplé d'êtres mi-hommes mi-bêtes, ignorant tout du Dieu unique et tout-puissant. Mais il n'avait pas accordé de crédit à ces fables. Voici qu'un jeune garçon, absolument étranger aux voies diplomatiques qui avaient fait circuler la nouvelle, lui contait la même histoire. L'existence d'un autre royaume, clandestin sur les mappes du monde. Selim voulait en savoir davantage. Son interlocuteur lui raconta qu'un de ses parents l'avait jeté dans un sommeil profond et l'avait forcé à s'exiler, prétextant l'existence de peuplades étrangères qui risquaient de détruire leur cité. Balivernes ou non, le garçon n'avait toujours pas tranché. Mais il en voulait terriblement à son cousin d'avoir décidé ainsi de son destin, comme s'il n'avait été qu'un pantin sans volonté.

> Et c'est alors que je m'aperçus de l'avantage qu'il y a à être un homme nouveau et un homme seul, fort peu marié, sans enfants, presque sans ancêtres, Ulysse sans autre Ithaque qu'intérieure ; je n'ai jamais eu le sentiment d'appartenir complètement à aucun lieu, pas même à mon Athènes bien-aimée.
>
> Marguerite YOURCENAR, *Mémoires d'Hadrien*

Un silence se fit. Roxelane était tout ouïe, n'osant presque plus respirer. Il reprit son récit là où il l'avait laissé quelques secondes avant, comme s'il eût voulu apprécier les kilomètres qui le séparaient de sa terre natale, depuis le moment crucial de son départ sur le lac Texcoco.

Après de longs mois de traversée, ses geôliers devenus compagnons d'infortune distinguèrent au loin un autre continent, une nouvelle terre. Quelle joie d'apercevoir enfin une fine ligne noire sur l'horizon, une barrière coupant court aux flots interminables ! Ils étaient bien conscients du risque qu'ils prendraient à avancer ainsi jusqu'à la côte. Ils s'arrangèrent pour larguer le bâtiment encore en haute mer et finirent le trajet, de nuit, sur un canoë, à la force de leurs bras. Il leur fallut pagayer sans relâche pour rejoindre la terre avant le lever du jour. Ils abandonnèrent la barque sur le rivage et pénétrèrent dans un monde inconnu peuplé de culottes courtes et de chapeaux à plume.

Les cinq Indiens ne voulaient pas s'attarder en terre ennemie. Ils se mirent en chemin sans trop savoir quelle direction prendre et, ne parlant pas un traître mot de la langue du coin, ils s'égarèrent. En outre, malgré tous leurs efforts, ils avaient du mal à passer inaperçus. Dans une bourgade d'Andalousie dont ils ne se rappelèrent pas le nom[1] vivait un hidalgo, un certain Quixada ou Quesada, dont ils ne saisirent pas le nom avec précision. Il fallait savoir

1. Nous adressons nos plus vifs remerciements à l'auteur d'un obscur manuscrit intitulé *El ingenioso hidalgo Don Quijote de la Mancha*, qui a très largement inspiré notre propos.

que cet hidalgo, dans les moments où il restait oisif, c'est-à-dire à peu près toute l'année, s'adonnait à lire des livres sur la Conquista, avec tant de goût et de plaisir qu'il en oubliait presque entièrement l'exercice de la chasse et même l'administration de son bien. Sa curiosité et son extravagance étaient arrivées à ce point qu'il avait vendu plusieurs arpents de bonnes terres à labourer pour acheter des histoires de conquistadors. Il s'était tellement acharné à sa lecture que ses nuits se passaient en lisant du soir au matin, et ses jours du matin au soir. Si bien qu'à force de dormir peu et de lire beaucoup il s'était desséché le cerveau, de manière qu'il en avait perdu l'esprit. Son imagination s'était remplie de tout ce qu'il avait lu dans les livres, chefs valeureux, batailles sanglantes, montagnes d'or, fleuves de pierres précieuses, sirènes enchanteresses et autochtones sauvages…

Quel fut donc son ravissement lorsqu'il vit débarquer cinq Indiens devant sa porte un beau matin. Il ne chercha pas à comprendre comment ils étaient arrivés là, il interpréta cet événement comme un don du Seigneur qu'il vénérait tant. Il s'empressa de venir en aide aux Indiens, qui ne semblaient finalement pas si sauvages que cela. À force de dessins et de croquis, ils se comprirent ou, pour le moins, crurent se comprendre. Grâce à ce dénommé Quixada ou Quesada, les cinq versions divergent, ils purent rapidement troquer leurs vêtements d'outre-mer pour des costumes qui étaient plus dans le goût de la péninsule. Le fripier andalou qui s'occupa d'eux leur vendit ses tissus littéralement à prix d'or, puisqu'ils n'avaient d'autre monnaie d'échange. Il fut, en outre, ravi de récupérer leurs accoutrements, curiosités qui ne manqueraient pas d'attirer l'œil de quelque acheteur du coin. C'est encore le généreux hidalgo qui les accompagna jusqu'à Gibraltar, où ces bons Indiens, après lui avoir laissé la moitié de leur or en remerciement (or qui permit à Quixada ou Quesada, selon les versions, d'acquérir d'autres récits sur les conquistadors), purent embarquer sur un radeau de fortune en direction des terres barbaresques. (L'hidalgo resta toute sa vie ébahi de cette rencontre et, alors qu'il était déjà fort vieux, il alla porter du vin de Jerez et des confitures de figue au pauvre Bartolomé de las Casas qui cherchait désespérément à prouver que les Indiens avaient une âme. Mais de cela l'historien est informé par d'autres sources, le manuscrit de Shah Qlim ne renseignant pas l'événement.)

Cuauhtémoc et ses compagnons se perdirent de longs mois entre Berbères et Arabes, ne trouvant pas de terre accueillante où s'établir. Malgré tout le talent de l'astrologue, leur route à travers les méandres du

Sahara ne fut pas des plus évidentes. Rien de neuf sous le soleil pendant des jours. Ils prirent le pli des coutumes et celui des turbans. Ils se seraient bien installés quelque part dans la région si le soleil ne leur avait brûlé la peau. Ils continuèrent donc à progresser vers l'est en espérant que le soleil ne deviendrait pas de plus en plus insoutenable à mesure qu'ils se rapprocheraient de son berceau. Les haltes se multipliaient, leur étrange caravane prolongeait les oasis. L'un des cinq finit même par tomber amoureux. Il n'avait pas de troupeau de chameaux à offrir au vénérable père en échange de sa fille, mais des quantités d'or. Les noces furent organisées et l'Aztèque s'installa. On perdait la cinquième roue du carrosse. Il raccompagna ses compères aux portes du désert et, agitant un bout de burnous, les regarda s'éloigner. On ne sut jamais si ce fut le coup de foudre ou un coup de paresse dans la traversée qui cloua l'Indien à cet endroit de la carte, mais sans doute eut-il raison dans son choix, une tempête de sable emportant trois jours plus tard deux des hommes restants. On commençait à se lasser de ce jeu de chaises musicales. La caravane devenue tandem se hâta de se convertir : le garçon et l'astrologue soupçonnaient le dieu local de les avoir repérés sur la carte et de vouloir exterminer ces hérétiques. Ils traversèrent une ville pleurant sa bibliothèque, sept collines qui se voulaient cité, un port phénicien en ruine, un bourg repeint de sang cinq siècles plus tard. Ne sachant où reposer leur tête, ils se laissaient porter par le courant des jours, au gré des vents, et ils débouchèrent sur la baie d'Izmir. Fatigués, ils se posèrent ce soir-là dans une taverne. Ils auraient vendu pères et mères qu'ils n'avaient plus pour une tasse de *xocoatl*[1]. En lieu de quoi on leur servit un âcre breuvage qui leur évoqua le lait de bouc du Sahara. Ils faillirent s'effondrer de sommeil sur la table lorsque l'astrologue sursauta. Des hommes parlaient derrière eux mêlant des termes inconnus aux mots d'arabe que les deux Indiens comprenaient après cinq ans d'errance mauresque. Il s'agissait d'une controverse astronomique entre sept sages sortant d'un concile qui achevaient leur journée par les mondanités d'usage. L'adolescent poussa son ami qui en connaissait un rayon à engager la conversation. Celui-ci frémissait mais n'osait interrompre ses pairs. Après s'être restaurés, ils reprirent donc la marche, dans l'idée de trouver une auberge où passer la nuit. Soudain, affolé, le jeune garçon s'aperçut de l'absence de son compagnon. Il craignit de l'avoir perdu à l'embranchement d'une ruelle. Il revint sur ses pas, ne l'apercevant pas. Il remonta jusqu'à leur point de départ. Il arriva à la taverne. Il le trouva

1. Littéralement « chocolat », en nahuatl.

assis sur la table, au milieu des docteurs qui l'écoutaient et l'interrogeaient. Tous ceux qui entendaient l'Aztèque étaient stupéfaits de son intelligence et de ses réponses (et de son arabe exquis). Quand l'enfant le vit, il fut saisi d'étonnement et il lui dit : Mon frère, pourquoi as-tu agi de la sorte avec moi ? Je te cherchais avec angoisse. Il lui dit : Pourquoi me cherchais-tu ? Ne savais-tu pas qu'il faut que je m'occupe des affaires du Ciel ? L'astrologue était retombé dans sa passion lointaine. On n'oublie jamais d'où l'on vient. Il avait oublié là où il allait. C'est donc sans son dernier appui que le jeune Indien alla gîter à la première enseigne rencontrée. Il s'attabla, dans la salle principale, ne pouvant envisager la suite des événements. Les larmes qu'il refusait de verser lui trouaient la gorge. Un homme à l'immense chevelure de feutre blanc l'observait depuis qu'il avait franchi le seuil. Le garçon sursauta en le remarquant. L'homme demeurait immobile dans son large manteau, on aurait dit une image. Son regard même ne bougeait pas : il était aussi imposant que sa stature. C'est toujours avec la même concentration qu'il finit par se lever et s'installer auprès de l'adolescent. Il entama la conversation d'un ton plus sec et rude que le sol dévasté des plaines tartares. Mais, étrangement, son interlocuteur sentit s'établir entre eux deux une grande confiance, instinctive. L'Aztèque avait la sensation de l'avoir toujours connu, de retrouver un vieil ami, égaré on ne sait trop comment, par les vicissitudes de la vie, comme il venait de perdre l'astrologue. L'homme avait parcouru assez d'âges et de contrées pour saisir sans peine ce qui travaillait l'adolescent. Il voyait en lui une chaloupe sans port ni navire, dérivant loin des sémaphores. Dissimulant trop mal sa détresse. Le garçon conta en quelques mots pudiques sa solitude inattendue. Il commençait à manquer d'argent et n'avait plus sur qui compter. Il ne connaissait ni la région, ni ses hommes, ni son lendemain. Le colosse lui parla alors des janissaires, qui cherchaient toujours des fantassins pour compléter leurs rangs. S'il se joignait à leurs troupes, il serait logé, nourri, appelé à trouver une place parmi ses compagnons d'armes, et sa place dans les plus hauts rangs de l'Empire. Lui-même avait débuté là, il y a longtemps. Il offrit quelques verres d'un raki infect au jeune garçon. Celui-ci sentit sa tête s'apaiser malgré lui. Il était bien. Sans trop savoir comment, le garçon s'embarqua le jour d'après pour Istanbul. Il allait rejoindre les janissaires.

Il descendit dans le port en réfléchissant à comment mettre en application les conseils donnés par sa rencontre de la veille. Rencontre qui lui paraissait si floue, presque évanescente, qu'il se demandait s'il ne l'avait pas fantasmée. Il remarqua un homme installé en tailleur le long du Bosphore, à peine plus loin que les caisses vomies par les cales des bateaux fatigués. Il était en train de dessiner. Parmi toutes ces silhouettes affairées, ces bras sans visages qui se passaient la marchandise, c'était le seul repère fixe. Le point vers lequel le jeune garçon s'avança donc pour demander sa route. Ne sachant comment l'aborder, n'osant l'interrompre dans son travail, il s'assit à côté de l'artiste qui continuait à crayonner, comme s'il n'avait pas remarqué sa présence. L'Indien sentit sa gorge se serrer en voyant l'esquisse grouillante de feuilles, de fleurs et d'animaux qui semblaient avoir été maintenus dans l'anonymat depuis la création. Il avait l'impression d'y reconnaître la nature luxuriante de son paradis perdu. Sans cesser de s'affairer, fixant éperdument le drôle de monde qui s'agitait sous ses doigts, l'artiste lança à l'observateur quelques minutes plus tard : je suis à sec d'inspiration, là, pour un titre. Une idée, peut-être ? L'Indien fut pris de court. Il balbutia une réponse sans rapport qui donnait à voir l'étendue de sa traversée. L'artiste eut alors l'intuition que l'âme qui s'était installée près de lui avait peut-être autant de couleurs bigarrées que ses herbes et ses faunes, et il daigna tourner le regard vers elle. Si le peintre s'attendait à une émotion esthétique, ce fut néanmoins l'enfant qui se sentit envahi par les pleurs et qui déversa alors tous les sanglots qu'il avait retenus la veille. Il n'aurait pu dire ce qui se passait en lui. L'extrême lassitude avait eu raison de lui et avait fait sauter tous les verrous, les uns après les autres. Elle avait passé tant de mois à les scier, à les forcer jusqu'à l'usure. Le peintre se sentit désarmé, et ne sut que faire. Après avoir mis ses dessins à l'abri des intempéries, le garçon ne s'arrêtant pas de pleurer, il le prit gauchement par l'épaule pour le réconforter. Les vannes s'étaient ouvertes, alors autant laisser fuir les mots avec. L'Indien oublia toutes les recommandations de prudence faites par ses acolytes et se livra à l'artiste qui n'imaginait pas tomber ce jour-là sur un énergumène de la sorte au milieu de ses végétaux.

Suleyman poursuivit son récit. La lumière s'était faite ocre quand il l'acheva. La nuit avait pénétré tout le palais lorsque Roxelane se risqua à parler. Étourdie, comme une hirondelle sans signal. Quelle parole pouvait donc être prononcée comme une nouvelle genèse ? Deux silhouettes glissèrent alors hors de la bibliothèque. Elles avancèrent, alourdies par les mots, jusqu'au belvédère. Au large d'Üsküdar on devinait la tour de Léandre, luttant à la croisée des courants, ouvrant sur l'encre de Marmara. On en était bien là, à la croisée des courants. Roxelane se chargea encore de briser le silence. Elle fit promettre à Suleyman de faire écrire son histoire avant sa mort. Il fallait sceller ces mots. Suleyman tiqua, se défiant trop des chroniqueurs officiels. Roxelane le regarda sans rien dire. Oui, il savait. Il le devait. Il savait aussi qu'il n'y avait qu'un seul homme pour le faire. Son ami le peintre Shah Quli, qui, par le hasard des circonstances, avait rencontré Suleyman au port d'Istanbul, il y a des années de cela. C'était le seul homme vivant connaissant son histoire.

Écoute ! Arrête... Quel est ce confus labyrinthe où je me trouve perdu et où ma raison marche sans guide ? (...) car, pour l'homme plongé dans cet abîme ténébreux, tout le ciel n'est qu'un présage, et le monde entier qu'un prodige.

Pedro CALDERÓN de la BARCA,
La vie est un songe

La stupéfaction de Selim avait été grande en écoutant son protégé. C'était donc ainsi que ce jeune échoué, cet Indien anonyme, avait mis les pieds dans sa cité avant de s'incorporer à la milice qui lui était dévouée, et qu'il en était arrivé à lui sauver la vie ? Quel dessein étrange que celui d'Allah qui avait fait prendre la route à un enfant à l'autre bout de la terre pour détourner le sabre destiné à Selim... Il se risqua à questionner encore le jeune garçon. Il lui demanda son âge. Celui-ci réfléchit. Il était né pendant la treizaine du solstice, selon le calendrier solaire aztèque, à l'époque où les jours s'allongent comme les ombres au crépuscule, il y a un peu plus de cinq mille quatre cent cinquante jours de cela. Il n'avait qu'une idée vague du passage du temps depuis le Sahara où les jours se ressemblent tellement qu'ils finissent par s'agglomérer en un magma inextricable. Le sultan disait que l'année 932 était en cours. À son arrivée en Espagne, après s'être confronté à l'absurdité du temps (en changeant de continent, aurait-il aussi changé d'époque ?), le garçon avait découvert les éphémérides européennes grâce à un certain Quixada – ou Quesada – et avait ensuite eu le plaisir de rajeunir de cinq siècles en traversant un simple bras de mer. Depuis, il avait eu le temps de chercher la logique temporelle de cette partie du monde avec l'aide de l'astrologue. Il fit un rapide calcul, on était donc en 1512, il avait quinze ans. Selim avait sursauté à cette nouvelle. Le janissaire avait pour ainsi dire l'âge de son fils, né en 914. Il lui soumit une ultime question. Si tout ce qu'il venait de confesser était vrai, il ne pouvait s'appeler Ali. Quel était son vrai nom, par Allah ? Le soldat pensa très fort à Coatlicue, la Terre Mère qui avait enfanté tous les astres. Il lui avait fait serment de ne jamais au grand jamais révéler son nom, en quittant les rives de son empire. Son nom avait été détruit en même temps que ses racines. Il n'existait plus. Seul le lourd secret existait. Ce secret qui lui rongeait les entrailles. Il ne pouvait briser sa promesse... Toutefois, il craignait de plus en plus Allah, qui semblait diriger les hommes et les événements dans ces régions bien plus à l'est que son éden définitivement perdu. Allah sondait les esprits, à ce que l'on racontait. Il consignait les fautes. Et il tenait les comptes. Le janissaire brisa donc le dernier lien qui le reliait encore à son enfance, effaçant sa promesse. Il lâcha comme une délivrance : Je suis Cuauhtémoc, héritier de l'Empire aztèque. On eût dit que le sultan venait d'être frappé par les foudres de Huitzilopochtli, le dieu Soleil. En réalité, Selim, qui était fort pieux, voyait là un signe. Un signal. Le ciel s'ouvrait et lui révélait son envoyé. Il avait devant lui un jeune homme de race noble, sans plus de passé, de l'âge de son fils qu'il n'avait pas renoncé à éliminer. Ce jour-là, un pacte fut scellé sous les yeux d'Allah et de Huitzilopochtli, dans la confusion sans queue ni tête des siècles. Selim allait faire disparaître son héritier, et Cuauhtémoc allait devenir Suleyman. Tout l'univers qui s'était un peu emballé ces derniers temps retrouverait son ordre. L'éternel retour. Cuauhtémoc reprenait sa juste place sur un trône et Selim pouvait passer au dossier des affaires étrangères, sans plus d'ennemis grangrenant la famille : il était temps de taquiner les frontières de l'Empire. On manquait un peu d'espace ici tout de même.

> Buveurs très illustres et vous vérolez très précieux (car à vous non à d'autres sont dédiés mes écrits) [...], vous-même dites, que l'habit ne fait point le moine : et tel est vêtu d'habit monacal, qui au-dedans n'est rien moins que moine : et tel est vêtu de cape espagnole, qui en son courage nullement affère à l'Espagne. C'est pourquoi il faut ouvrir le livre : et soigneusement peser ce qui y est déduit. Lors vous connaîtrez que la drogue dedans contenue est bien d'autre valeur que ne promettait la boîte.
>
> François RABELAIS, *Gargantua*

C'est encore sous le coup de l'émotion ou des diverses coupes avalées la veille pour entamer les festivités que J. L. Borges débuta sa communication sur Cuauhtémoc *alias* Suleyman, au sein du colloque international prévu depuis des mois. Il avait un peu usurpé la vedette à Hakan, ayant récupéré le manuscrit témoignant de la vie de Suleyman que son ami avait découvert et bien entendu traduit pour servir les desseins de Sa Majesté J. L. Borges. Véritable oiseau de feu, il se lança dans un speech incandescent. La ferveur brûlait ses yeux. Il se serait fait sauter en kamikaze de l'Histoire pour ponctuer son argumentation que cela n'aurait pas étonné grand monde. Encore qu'« argumentation » était un bien grand mot pour qualifier le discours qu'il produisit. J. L. Borges s'était en effet lancé dans un récit complexe, circonflexe, ouvrant des portes qui ne se refermaient jamais, dénotant l'ambition de résoudre tous les champs du possible sans en expliciter aucun. L'auditoire médusé put assister à un récit qui enfanta une tribu d'autres récits en une dizaine de minutes, encourageant toute cette marmaille à se multiplier l'instant d'après. Même Ariane se serait perdue dans ce dédale. Les censeurs austères, professeurs qui n'avaient pas attendu J. L. Borges pour donner l'Évangile final de la science historique, étaient de toute évidence moins charmés par les contes de J. L. Borges que Shahryar le fut par Schéhérazade. L'exaspération de la salle était palpable. Il faut bien avouer que J. L. Borges n'avait pas réussi à préserver le secret de sa découverte avant la conférence, et qu'il avait déjà tout déballé aux revues universitaires et à la presse à scandale. Quant aux détails historiques qui auraient pu intéresser les chercheurs présents, il les réservait à son futur grand œuvre. Il fallait tout de même que ses heures d'écriture puissent être rentabilisées : ses collègues n'auraient qu'à acheter son bouquin pour savoir. Il continua donc à s'égarer dans les méandres de généalogies turco-aztèques improbables. On dut l'interrompre à l'aube. Tous ceux qui connaissaient J. L. Borges de près ou de loin (d'infiniment loin, pour la plupart, si l'on en croit les commentaires glanés au cours du cocktail qui suivit et qui fut transformé, vu les circonstances, en petit déjeuner) auraient signé à cet instant pour disparaître sous terre, loin du docteur Faust. Hakan surtout, présent dans la salle, planait en apoplexie, presque évanescent.

J'ai la confiance de mon peuple. On m'a nommé l'Itinérant.

Léopold Sédar SENGHOR, *Éthiopiques*

Ce fut aux alentours de 1532 que Suleyman, sultan depuis la mort de son père, apprit ce qu'il était advenu de la terre de ses pères. L'empire éternel, protégé du Soleil, avait été ravagé. La rage avait été portée par un certain Cortès, transmise à ses hommes. Ils avaient fait tarir la salive des volcans, ils avaient éventré la terre, ils avaient fait mourir la terre. On avait fait taire le chant des femmes et violé la maison des hommes. Paradis jeté dans la fange. Cuitláhuac avait donc eu raison de prêter l'oreille aux prophéties de Manicatex, même si cela n'excusait en rien l'exil qu'il avait imposé à son cousin. Ayant appris la nouvelle, le sultan demeura pétrifié et absolument inutile dans toutes les charges d'État pendant quinze jours. Il ne pouvait se résigner à croire que le quetzal ne renaîtrait pas de ses cendres. Heureusement, Roxelane veillait au grain politique. Sa liberté s'arrêtait aux portes du harem, mais il n'en allait pas de même de sa volonté. Cloîtrée comme une carmélite, elle expédiait les dossiers. Une armée de pages à ses ordres portait ses recommandations au *Divan*. Le grand vizir Ibrahim, qu'elle avait encore à la bonne, prenait note de ses commentaires. De fait, Roxelane ne méritait jamais autant son surnom d'*Hürrem*, la Joyeuse, que lorsqu'elle échappait aux négociations avec le sultan et menait les affaires d'une main de fer. La tristesse qui avait emporté l'esprit de Suleyman ne lui permit de prendre qu'une seule décision, qui étonna Roxelane tant elle était éloignée de ses propres préoccupations. Il ordonna de construire une grande, une immense, une écrasante mosquée. Süleymaniye. Il ajouta une précision, unique. Un seul détail. La tour centrale devait absolument dépasser quarante-cinq mètres. Il allait répéter ce nombre une quantité incommensurable de fois, jour et nuit, comme une incantation absurde, à tout-va, entre le fromage et le dessert, à la fin de l'*ahran*, en faisant ses ablutions, en recevant l'ambassadeur Polak. Sinan, l'architecte, s'était gratté la tête et s'était incliné face à la lubie de son seigneur.

Le pouvoir, ça vous gâte bien des gens. Roxelane comprit des années plus tard d'où était née cette obsession. Le grand escalier du temple majeur de Tenochtitlan atteignait les quarante-cinq mètres. Si Tenochtitlan avait été outragée, détruite, Suleyman, lui, le rescapé, ferait reconstruire un temple s'élevant vers le ciel, pour rendre hommage à ses ancêtres.

Ce qui, en revanche, tomba du ciel des mois plus tard, ce fut la missive salvatrice de François. Roxelane ne se doutait pas encore de l'effet qu'elle produirait. On vit soudain le sultan apathique – qui meublait Topkapi plus qu'il ne le dirigeait depuis des mois – courroucé par Charles Quint et les soucis gastriques de François. C'est alors que Roxelane demanda des explications à son époux. En réalité, Suleyman lui-même ne pensait pas être capable de nourrir une telle haine. Si forte qu'elle l'en effrayait. Il pensa aux paroles que son cousin avait prononcées le soir de leur confrontation. Cuitláhuac voulait préserver Cuauhtémoc pour que celui-ci puisse un jour interrompre le cycle des barbares si les augures s'accomplissaient. Il se devait de punir la monarchie espagnole ; pour lui-même, pour Cuitláhuac, pour son peuple exterminé qui n'avait plus ni voix ni pavillon. Après l'avoir encouragé à consigner son secret, persuadée que le tissu de l'Histoire était fait de mailles qui se croisaient et que l'on aurait donc un jour besoin de savoir ce qu'il s'était réellement passé, Roxelane l'encouragea encore davantage à se lancer dans l'entreprise auprès du roi français. Elle estimait tout d'abord qu'il en irait de la santé mentale de Suleyman, un peu ralenti depuis l'annonce du séisme aztèque. On avait l'impression que tout Tenochtitlan lui était tombé dessus. La possibilité de se venger de l'outrage d'une façon ou d'une autre – en allant combattre Charles Quint, en l'occurrence – le réveillerait un peu, il fallait l'espérer pour le moins. Plus encore, elle songeait déjà à l'effet que produirait l'annonce de cette alliance du roi très chrétien et du successeur du Prophète.

On s'échauffa en réalité pendant plusieurs années. Le Français et le Turc, qui avaient déjà établi des alliances de circonstances auparavant, resserrèrent leurs liens grâce à un engouement nouveau de Suleyman, une détermination que François ne lui connaissait pas mais dont il était loin de se plaindre. L'hypocrisie du Français, aussi grande que le nez qu'il avait au milieu de la figure, lassa cependant assez rapidement Suleyman. Non que François se portât mal avec lui. Mais il n'était pas suffisamment entier. Il se doublait en courbettes, redoublait de courtoisie, devant la tête des Habsbourg. Celle-ci ne manquait pas une occasion de se draper dans sa pourpre d'*Imperator*

Romanorum pour rappeler un peu qui elle était. Suleyman avait dépassé le stade des relations diplomatiques dans ce cas précis. Au fond, c'était moins une affaire d'empire à empire qu'une affaire personnelle qu'il avait à régler. À défaut de pouvoir compter sur François comme il le fallait, il retrouva son vieil ami Khizir Khayr ad-Dîn qui faisait trembler les murs de toutes les tavernes d'Istanbul quand il s'embarquait pour tuer du chrétien (ou toute autre créature indésirable). Khizir Khayr ad-Dîn désirait aussi ardemment que Suleyman le démembrement de ce corps informe et monstrueux qu'était le Saint Empire romain germanique, ce Léviathan hérétique qui luttait contre l'hérésie sans réussir à se mordre la queue. Après avoir filé un coup de main à quelques musulmans et séfarades chassés d'Espagne en les conduisant vers les terres ottomanes moins hostiles à leur foi, Khizir Khayr ad-Dîn s'était installé là. Désormais connu sous le pantouflard sobriquet de Barberousse, il occupait son temps libre à couler les navires chrétiens qui croisaient son passage, à écouter le râle des marées à l'agonie sur les récifs du monde et à se tailler la barbe. Jusqu'au jour où Bayezid, le grand-père de Suleyman, l'appela à la rescousse pour emmener une troupe de janissaires désœuvrés s'amuser un peu sur le terrain. Les soldats rentrèrent ragaillardis et le sultan fut satisfait. Il garda Barberousse sous le coude pour d'autres opérations délicates. En 1510, Barberousse eut le loisir inespéré de mettre une raclée bien ordonnée à la monarchie catholique en la délogeant d'El Djazaïr. Le corsaire défit sans ciller le corsage des gréements de l'ennemi, taquina le *Peñón*[1] haut de tout son orgueil espagnol, le désarma, le déflora et reconduisit tout ce beau monde à la porte au petit matin. Il rendit sa joie à la cité d'El Djazaïr et la protégea pendant des années. Il porta allégeance au sultan pour assurer ses arrières et ceux de la ville lors d'une énième attaque espagnole. Cet acte scellerait une belle amitié, prolongée en la personne de son fils Suleyman.

Un jour que Barberousse devait précisément retrouver Suleyman à Istanbul, il confia la cité au *beylerbey* Hasan. Charles Quint apprit la nouvelle et se hâta de boucler ses malles à Ratisbonne pour filer au large et profiter de l'absence de son ennemi pour récupérer la ville dérobée. Hasan était jeune et inexpérimenté. *Fair-play,* l'Empereur se contenta donc de convoquer cinq cents vaisseaux et quarante mille hommes pour provoquer le duel. Damnés des terres romaines et prussiennes, forçats de Sicile et de Navarre, tous se joignirent aux troupes en entendant l'appel, parce que la terre

1. Forteresse érigée par les Espagnols en 1510 à El Djazaïr, cité qui reçoit aussi le nom d'Alger.

n'appartient qu'à l'Occident, et El Djazaïr serait espagnol. Paix entre nous, guerre au Grand Turc tyran. Ce dont l'Histoire ne parle pas, c'est de l'imbroglio involontaire provoqué par l'émissaire chargé de faire venir Barberousse à Istanbul. Si le détail est majeur, il est cependant passé sous silence. Les livres d'Histoire opèrent des tris. Ceux de la région ont préféré se souvenir du sexe des anges. L'émissaire était un jeune page élevé par une nourrice de Syrte et comprenait de toute évidence fort mal le turc. Chargé de transmettre à Barberousse l'annonce de l'arrivée du sultan à El Djazaïr, c'est tout naturellement qu'il annonça à Barberousse son arrivée souhaitée à Istanbul. Ô jours radieux de Byzance ! Si l'on en croit les cartes que les savants de l'Empire ont tenté d'établir pour étudier le phénomène (et pour remédier à la flagrante désorganisation administrative), c'est au large de Malte que les deux escortes durent se croiser sans se rencontrer. Rendez-vous manqué, comme tant d'autres dans l'Histoire. C'est donc serein que Suleyman arriva non loin des côtes barbaresques et que, sans crier gare, tout le pavois tressaillit. On eût dit qu'un coup de hache s'était essayé à couper le navire en deux, comme on brise une coque de noix. Un boulet de canon était simplement passé à quatre pieds du bateau avant d'aller saluer une corne de pierrailles qui se chargea d'assumer le coup. Comment

Barberousse recevait-il son vieux compère enfin, étaient-ce là des manières ? La fortune voulut que le soldat myope qui avait visé en pensant atteindre un navire espagnol fût relevé par une autre sentinelle la minute suivante. Il était midi et on tournait. La sentinelle scruta alors de sa longue-vue le bâtiment que l'on avait manqué l'instant d'avant pour relancer l'offensive. C'est avec effroi qu'il constata qu'un croissant se débattait sur le pavillon. On avait affaire à un Turc, c'était certain, les Espagnols n'aimaient pas les croissants. On sonna le branle-bas de combat et on s'arrangea pour faire pénétrer le navire au plus vite dans la forteresse. Suleyman était sauf bien que secoué par l'accueil. Il était accoutumé à la houle, moins aux écumes de ce type. Il allait se charger de quelques commentaires bien sentis à l'attention de Barberousse lorsque le *beylerbey* Hasan déboula dans la pièce comme tant d'autres concentrés de poudre, s'aplatit à terre, exposa sans que personne y comprît rien toutes ses excuses les plus confuses et tous les Barberousse absents. Les vannes et les veines ouvertes giclant en un tintamarre carnavalesque, il enchevêtra les événements qui, grâce au ciel, n'avaient commencé que la veille. Après une demi-heure critique, où Suleyman ne put trancher la question de savoir s'il était en train d'assister à une farce des plus mauvaises ou au jugement dernier, il commença à saisir ce qui se jouait à El Djazaïr.

Charles Quint était là, à deux misérables lieues de lui, et il n'avait rien, mais alors strictement rien prévu. Il n'était pas en mesure de l'attaquer en bonne et due forme, mais laisser filer une telle occasion était proprement impensable. Suleyman faillit blasphémer mais il se retint. On le vit tourner de l'œil pour se ressaisir aussitôt, pittoresque chant du cygne, à la mention d'un nom qui jurait un peu sous ces latitudes. Hernán Cortés. Hernán Cortés, le boucher des Indes, escortait Charles Quint à El Djazaïr. Après avoir souillé la moitié de la planète, il venait profaner la ville de la Joie. Suleyman imagina son sourire cynique et ne rêva plus que d'une chose : lui briser la mâchoire. Que son crâne d'ordure ne puisse être rapatrié comme relique vénérable dans un obscur sanctuaire d'Espagne. Qu'il crève ici et que ses os soient distribués aux fennecs. Les livres d'histoire s'obstinent à raconter la déconfiture de Charles Quint laminé par ce jeune débutant, Hasan, qu'il méprisait. Les livres d'histoire se plaisent surtout à oublier la présence de Suleyman. Hasan, arriviste caracolant, bénéficia de la chance du joueur novice et s'amusa un peu. Il fit monter les enchères, compliqua la partie. Mais seul, il n'aurait pu mettre l'Empire en échec. Cette version, au fond, ridiculise un peu le vieux Charles aguerri, que l'on aurait surpris comme un enfant en faute, c'est tout. On préfère que les parois des écoles renvoient cet écho, en un ricochet infini, moqueur, certes, mais sans conséquence. En revanche, affirmer que les Barbares bercèrent les cadavres espagnols en entonnant le Requiem pour les ranger sans qu'ils bronchent entre les planctons des fonds marins, ça, c'était strictement impossible. Même la version sobre et luthérienne a été censurée. El Djazaïr, la bienheureuse, la bien-gardée, triompha de la houle provoquée par l'attaque du Saint-Empire. Et Suleyman, qui demandait simplement à pouvoir venger un jour ses pères sur la personne de Charles Quint, fut convié à un banquet auquel il n'aurait osé rêver. Hernán Cortés, le grand usurpateur, celui qui avait osé subtiliser les cartes de Quetzalcoatl pour les jouer à sa place dans le cycle des dieux, lui était servi sur un plateau. Suleyman le chercha partout dans cette ville en vase clos, assiégée par les loups. Mais la meute débile hurle à la mort et n'agit autrement qu'un troupeau de brebis : Cortés n'était pas plus intelligent. Suleyman, lui, humait l'air, formait des plans, des pièges, essaya toutes les gammes d'un clavier sans tempérance : Cortés lui tomberait entre les mains. Cortés lui tomba, de fait, entre les mains. Un matin où le soleil montait dans le ciel sans ambages, sans nuages. Cuauhtémoc, *L'Aigle qui fond sur sa proie*, lui traversa l'épaule d'un harpon depuis les hauteurs de la forteresse sans repos. Il le souleva comme on arrache les poissons à la mer pour ramener les filets chargés qui se déversent, grouillants, sur le pont salé. Cortés, suant, grouillant, déversant sel et sang, fut ramené à l'intérieur. Cuauhtémoc prit une décision. Il ne le ferait pas mourir. La mort d'un homme ne rachèterait pas son Empire. Il se mit à entonner tranquillement des chants rituels nahuatl comme si l'heure était aux contes du soir et aux confidences près du feu. Le remède fut efficace. Cortés cessa de hurler sa douleur, mais son regard se voila d'un effroi encore plus déchirant. Comment des incantations aztèques pouvaient-elles émerger de la poitrine du Grand Turc ? Suleyman n'eut dès lors plus grand-peine à faire les présentations. Il serra très fort la main droite de son ennemi. Avec une patience infinie, il coupa chacun de ses doigts, l'un après l'autre, prenant tout son temps, ponctuant chacune des cinq heures du jour. Il acheva ce travail lorsque le dernier *ahran* s'évaporait sur la Méditerranée. Parce que Allah lui avait permis de rendre justice à ses frères. Il s'empara alors de la main gauche de son ennemi et ne l'amputa que du majeur, parce que le grand temple avait été arraché à la terre. Enfin, il lui sonda la plante des pieds, si d'aventure il avait eu l'idée saugrenue d'aller les reposer sur quelque espace vierge que ce fût.

Le vin de la Rioja sent toujours la peau de chèvre. Hernán Cortés, en fier Espagnol, voulut immanquablement réembarquer pour les Indes quelque temps plus tard, bouillant d'humiliation. Il laissa tout juste à ses pieds charpiés le temps de rosir légèrement pour planifier le voyage. Il voulait avoir le fin mot de l'histoire, comprendre ce qui lui avait échappé, où cela lui avait échappé, qui avait fait en sorte que cela lui échappe. Qui avait cru qu'on pouvait ainsi lui chaparder son empereur aztèque ? Ne prend pas Cortés pour le chapon de la farce qui veut, et il avait comme l'intuition que la Grande Maligne devait en savoir plus long sur la question que lui. Oooh, les pieds encore dans les bandages, il aiguisait déjà ses couteaux pour scalper les doigts, la plante des pieds, et les paumes et les orteils en prime de tous ceux qui se seraient payé sa tête. Mais Dieu devait commencer à se lasser de ce blanc-bec qui n'était plus de la première fraîcheur. Il ne montra pas même un semblant de clémence, et celui qui avait témérairement mis à sac le Nouveau Monde et l'Ancien mourut sans gloire ni gloriole, dans son lit, d'une méchante dysenterie. Charles Quint quant à lui rentra vaincu, par un fanfaron imberbe si l'on en croit la plaisanterie qui se veut officielle. En réalité, c'était le dernier acte de sa crédibilité qui venait de se jouer là. La même année, l'empereur tout-puissant de la chrétienté avait dû s'incliner devant Luther à Ratisbonne, et devant le Turc à El Djazaïr. L'hydre crevait honteuse de par la conjonction hasardeuse des forces du roi catholique, de la Réforme et du calife : assemblage baroque et disparate, on se serait cru dans le grand Bazaar. Mais les coups de dés provoquent parfois de joyeux hasards. Enfin le Léviathan fou furieux s'était mordu la queue ; à vouloir faire le tour du monde on finit par se rattraper soi-même. Suleyman, quant à lui, se préparait à rentrer à Istanbul. Héraclite a beau dire qu'on ne peut entrer deux fois de suite dans le même fleuve, c'est pour retraverser les mêmes étendues et réfléchir aux jours écoulés que le sultan, plus sage et apaisé, décida de rentrer par le même chemin. C'est tout du moins ce que prétendirent les apologues turcs des siècles suivants qui ne manquèrent pas de s'emparer du symbole pour moraliser un peu tout ce foutoir. Et, foutaises mises à part, Suleyman était bien fatigué : il voulait retrouver sa cité au plus vite. Ses matelots, un peu fainéants, arguaient par ailleurs du soleil estival pour donner libre cours à leur paresse. On se passerait de nouvelles voies à explorer. Surtout, le sultan était heureux de s'en aller retrouver Roxelane et Barberousse qui devaient l'attendre impatiemment à Istanbul. On sait déjà que la fermeté de Barberousse peut ébranler tous les remparts de la ville, mais elle n'ébranlera jamais les livres d'histoire qui livrent bien ce qu'ils veulent, on l'aura compris. Tout comme les très nombreuses interviews données par J. L. Borges. Il se plut à y réinventer Cuauhtémoc, et Moctezuma, et la Malinche. Il réinventa Barberousse, Manicatex et Roxelane. Il se plut surtout à se réinventer lui-même, selon les jours et selon l'humeur, dans chacun de ces personnages. Allez savoir ce que l'on peut retenir de cette histoire. Quand les grands de ce monde se racontent en bateau, tout part à la dérive.

À la fin, il ne reste que les flots. Et les rivages.

Ouvrages cités et références

Sarah Bakewell, *Comment vivre ? Une vie de Montaigne en une question et vingt tentatives de réponse*, Albin Michel, Paris, 2013.

Bernal Díaz del Castillo, *Historia verdadera de la Conquista de la Nueva España*, Planeta, Barcelone, 1992.

Coran

Thérèse Bittar, *Soliman : L'Empire magnifique*, Gallimard, Paris, 1994.

Jorge Luis Borges, *Fictions*, Gallimard, Paris, 1990 (traduit de l'espagnol par Paul Verdevoye) et *L'Aleph*, Gallimard, Paris, 1977 (traduit de l'espagnol par Roger Caillois et René L.-F. Durand).

Jacques Brel, « Les Bourgeois ».

Pedro Calderón de la Barca, *La vie est un songe* dans : *Chefs-d'œuvre du théâtre espagnol*, Charles Gosselin, Paris, 1841 (traduction en français de Damas-Hinard).

Miguel de Cervantès, *Don Quichotte de la Mancha*, Hachette, Paris, 1863 (traduction en français de Louis Viardot).

Christophe Colomb, *Journal de bord : 1492-1493*, Impr. Nationale, Paris, 2003.

Évangile selon Saint Luc.

Michel Foucault, *Les Mots et les Choses*, Gallimard, Paris, 1990.

Federico García Lorca, « La cogida y la muerte » dans : *Romancero gitano ; Poema del canto jondo ; Llanto por Ignacio Sánchez Mejías*, Losada, Buenos Aires, 1938.

Gabriel García Márquez, *Cent Ans de solitude*, Seuil, Paris, 1995.

Victor Hugo, *Hernani*, Flammarion, Paris, 2012.

René R. Khawam (éd.), « La femme coupée » dans : *Les Mille et une nuits*, Phébus, Paris, 1986.

Pierre Loti, *Les Désenchantées*, Calmann-Lévy, Paris, 1926.

Stéphane Mallarmé, *Œuvres complètes I*, Gallimard, Paris, 1998.

Prosper Merimée, « Inés Mendo » dans : *Théâtre de Clara Gazul*, Gallimard, Paris, 1985, pour le proverbe « Le vin de la Rioja sent toujours la peau de chèvre ». Cette sentence, présentée comme un dicton espagnol authentique, est l'équivalent selon Mérimée de : « La caque sent toujours le hareng » : on se ressent toujours de ses origines (définition du *Dictionnaire de l'Académie Française*, 9e édition).

Michel de Montaigne, *Les Essais III*, Paris, Gallimard, 2012.

Charles-Louis de Secondat Montesquieu, *Les Lettres persanes*, Flammarion, Paris, 2011.

Eugène Pottier, *L'Internationale* (paroles librement revisitées).

François Rabelais, *Gargantua*, Bordas, Paris, 1991.

Domingo Faustino Sarmiento, *Facundo, Civilización y barbarie*, Cátedra, Madrid, 2011.

Léopold Sédar Senghor, *Éthiopiques* dans : *Œuvre poétique*, Seuil, Paris, 1990.

William Shakespeare, *Hamlet* dans : *Œuvres complètes de Shakespeare (vol.1)*, Didier, Paris, 1864.

Sophocle, *Œdipe Roi*, Les Belles Lettres, Paris, 1998.

Tchouang-Tseu, *Le Rêve du papillon*, Albin Michel, Paris, 2008.

Paolo Toscanelli, *Traité sur les miroirs pour faire apparaître les dragons.*

Paul Valéry, « Le Cimetière marin » dans : *Œuvres I*, Gallimard, Paris, 1965.

Alexandre Vialatte, *Chroniques de la montagne*, Robert Laffont, Paris, 2000.

Marguerite Yourcenar, *Mémoires d'Hadrien*, Gallimard, Paris, 1974.

11455

Composition

PCA à Rezé

Achevé d'imprimer en Espagne
par CPI

le 2 mai 2016

Dépôt légal mai 2016

EAN 9782290126479
OTP L21EPLN001979N001

ÉDITIONS J'AI LU
87, quai Panhard-et-Levassor, 75013 Paris

Diffusion France et étranger : Flammarion